AN DÍTHREABHACH
agus scéalta eile as *Comhar*

EOGHAN Ó ʜANLUAIN
a roghnaigh

CLÓ MERCIER
Corcaigh

CLÓ MERCIER TEORANTA
Corcaigh

AN DÍTHREABHACH agus scéalta eile as Comhar
ISBN 978 1 78117 5342 917 8

Transferred to Digital Print-on-Demand in 2024

CLÁR

RÉAMHRÁ

NA SCÉALTA atá bailithe anseo foilsíodh in *Comhar*
iad le linn dom lámh a bheith agam in obair na hirise
sin. Sin a bhfuil de ghaol acu le chéile.

Ní mó ná sásta a bhíonn lucht irisí Gaeilge is dócha le
heagrán ar bith a thugann siad ar an saol: bíonn údar
aiféala agus míchéata i gcónaí acu—alt nár shroich an
oifig in am agus a bheadh as dáta an mhí dar gcionn, an
dea-ghealladh agus an droch-chomhlíonadh, gan trácht
ar chor ar bith ar easpa airgid, ar dhua an tsaothair,
dearmaid chló, díolaíocht agus síorimní faoi neamh-
shuim an phobail. Ach ina dhiaidh sin bíonn sólás éigin
le baint as an strócántacht, go deimhin, dá uireasa ní
mhairfeadh iris Ghaeilge ar bith. Cuid mhór den sásamh
chomh fada is a bhain le mo thaithí féin le *Comhar* ba
ea an tógáil croí a chuireadh scéal maith orainn i gcónaí
cibé ar tháinig sé gan iarraidh nó de bharr a bheith sa
tóir ar an scríbhneoir ó ósta go hósta.

Saothar gearrshaolach is ea cuid mhaith dá bhfoil-
sítear in irisí ach shíl mé go mba thrua na scéalta seo a
ligean i ndearmad de bhrí gurb eol dom gur thaitin siad
le léitheoirí *Comhar* an chéad lá ar foilsíodh iad.

'Scéalta' a thugaim ar an gcnuasach trí chéile de bhrí
gur leasc liom gearrscéalta a thabhairt ar chuid acu nach
raibh iontu ach scríbhneoireacht na haon uaire, cé go
sílim go dtugann go fiú na scéalta is neamhdháiríre orthu
taithneamh na huaire sin leo go fóill. Ach níl aon amhras

ach go bhfuil i gcuid eile acu meanma agus tallann dáiríre le brath agus déarfainn go bhfuil ina measc seo cuid den ghearrscéalaíocht is fearr sa Ghaeilge le deich mbliana anuas. Ar aon chuma sílim go ngéillfear go bhfuil réim fhairsing spéisiúil anseo ó thaobh ábhar agus modhanna scéalaíochta.

Is cuid suntais iad na trí scéal tosaigh sa mhéid gur toradh iad ar thaithí na scríbhneoirí i gcéin agus go dtugann siad leo blas agus rithim agus comharthaí saoil atá neamhchoitianta sa Ghaeilge. B'as Meiriceá a sheol Tomás Mac Síomóin *An Díthreabhach* chugainn, scéal aisteach aduain faoin aonarán a thugann aghaidh go huaigneach ar an díchéille agus ar an neamhní atá folaithe faoi chraiceann snasta shaol na cathrach nua-aoisí. Feictear dom go fóill go bhfuil sé seo ar cheann de na scéalta is fiontraí sa nuaGhaeilge. Tá draíocht scéiniúil éagoitianta i ndeireadh neamhshaolta an scéil.

Is i Londain a tharlaíonn cúrsaí *Ragobair* le Colbert Ó Cearnaigh. De réir a chéile a chruinníonn an scéal aimhréiteach seo neart agus fuinneamh. Tagann siúl cinniúnach faoi go gcruthaíonn ina bhuaic óil, collaíochta agus achrainn. Nuascéal ar an seandrabhlás a bhfuil an t-aiféala agus an t-uaigneas fite tríd.

Léiríonn Diarmaid Mac Dáibhéid a chruinne a thug sé gnéithe áirithe de shaol na Nígéire faoi deara sa scéal breá pléarácach seo *Scatology*.

Seolann Mícheál Ó hUanacháin sinn ar mhuir ard an óil agus an tseachráin intleachtúil in *Amuigh*. Trí chomhcheangal smaointe agus samhailteacha fíorchumasach déantar mionscrúdú ar phearsa atá ag tabhairt uaidh faoi stró an alcóil agus na féintuisceana, pearsa a shiúlann faoin mbolcán agus a shantaíonn abhainn an dearmaid.

Tá meanma chorrach le sonrú ar scríbhneoireacht Dhiarmaid Uí Ghráinne. Tá an-acmhainn go deo aige ar chomhrá scaipthe baoth agus tuairiscíonn sé cúrsaí leamha fánacha thar cionn. Tá teanga thíriúil aige agus

6

féith gharbh ghrinn sna scéalta seo. Más léir anáil Mháirtín Uí Chadhain thall is abhus cá miste sin ag scríbhneoir óg a bhfuil a ghuth dílis féin le cloisteáil.

Tagann an dá scéal le Caoimhín Ó Marcaigh agus Seán Mac Mathúna faoi seach go maith dá chéile—cur síos ar eachtraí i saol baintreach iad araon. Scéal ciúin simplí ach scéal a thugann leis racht tréan bróin is ea 'An Bhean nach raibh aici ach an insint dhíreach'. Tá sé líonta le huaigneas agus le hiargúltacht na tuaithe, áit a dtagann bean ar nuathuiscint di féin.

Is léir in De Profundis an cumas scéalaíochta atá léirithe go minic ó shin ag Seán Mac Mathúna. Tá an-ghiúmar sa scéal seo agus cráiteacht ina theannta. Taispeánann sé an-tuiscint don eachtra aduain—scéal bizarre an tincéara bhailbh a léann Aifreann Laidne i log sléibhe agus baintreach uaigneach á fhreastal.

Meireang a bhfuil braoinín liomóide ina lár is ea Duine darbh ainm Tristesse le Gabriel Rosenstock agus sracfhéachaint bharrúil ar chora an mhúinteora óig a thugann aghaidh ar Shasana agus B.A. (Hons) agus ocht bpunt ina phóca is ea Conas a tharla nár scríobhas leabhar a bhuaigh Duais an Chlub Leabhar i mbliana le Dónall Farmer. An greann chomh maith atá in uachtar in Ciall Cheannaigh le Colm P. Ó hIarnáin—scéal an fhear poist shealadaigh a fhaigheann amach nach mar a síltear bítear.

Mioncháiréis phearsanta a thugtar go barr na háiféise atá in An Cheist le Pádraig Ó Croiligh.

Is breá liom go háirithe aistriúchán ó bhunRúisis Chekov, An Macléinn le hArt Ó Beoláin, a bheith sa chnuasach seo. Ba alt ar athchuairt ar an Rúis a chéad shaothar in Comhar ach cuimhneofar go speisialta ar na haistí breátha uaidh ar fhilí na Mumhan.

Maidir le An Béal Beo Bocht tharla gur theastaigh cúpla leathanach faoi dheifir le heagrán den iris a líonadh . . .

Níor mhiste a lua anseo b'fhéidir go raibh sé de

7

phríbhléid againn scéalta le Máirtín Ó Cadhain, Dónall Mac Amhlaigh, Críostóir Ó Floinn, Diarmaid Ó Súilleabháin, agus Dáithí Ó hÓgáin a fhoilsiú san am úd ach tá fáil orthu sin i gcnuasaigh dá gcuid féin.

Gabhaim buíochas leis na scríbhneoirí istigh a thug cead dom a scéalta a chur sa leabhar seo agus ar ndóigh gabhaim buíochas le *Comhar*.

Bhí cúis eile agam ar ndóigh leis na scéalta seo a bhailiú le chéile seachas an taitneamh a bhain mé astu—is cuimhne shona an cnuasach seo ar na tráth-nóintí úd a dtagaimis le chéile tar éis obair an lae os cionn siopa poitigéara De Brún ar Fhaiche Stiofáin agus ina dhiaidh sin in uachtar an tí i Sráid na bhFíníní le *Comhar* a phlé agus a chur in eagar—'laethanta na comhardaíochta'—mar ar thug duine dínn, a bhfuil scéal leis anseo, orthu.

EOGHAN Ó hANLUAIN

AN DÍTHREABHACH

TOMÁS MAC SÍOMÓIN

CÉN LEID a d'fhoilseodh domsa go raibh lá na cinniúna tagtha ar an bhfód? Nó cé shamhlódh uafás le tráthnóna cathrach chomh breá leis? 'A ceathair a chlog' a d'fhógair clog na hoifige más buan do mo chuimhne. Agus mura raibh an ghrian greadtha chun luite go fóill bhí trilseacht oíche na cathrach á tionscailt cheana féin—an corr-sholas anseo is ansiúd ag smeachadh go faon fearacht na réaltaí úd a sheasann mar fharairí i mbéal na hoíche. An-ghleo le cloisteáil ó na sráideanna—buinneáin ag séideadh, corr-ainleog sa trácht thall agus abhus. Dé hAoine a bhí ann . . .

Bhí an t-aos daoirse—mo chomhchléirigh—ag dul sna gaiseití uilig ag úmachan le láthair a gcuibhrithe a thréigean. An saol deireadh seachtaine leath-áitithe ag gach uile mhac an pheata acu cheana féin—galf, snámh, an club tíre; seo í tír an rathúnais gan aon agó. Slán-leatanna spleodracha ag eitilt ar fud na hoifige. Agus murar scaoileadh ach an fíor-chorrcheann i mo bhealach-sa, ná síl gur cuireadh aon díomá oɪm; ní bheadh coinne agam lena mhalairt. Tá an col seo chomh daingean-bhunaithe sin gur ar éigin a mhaolódh an bheannacht féin é.

Ach cad chuige an mbeadh gráin agamsa agus ag mo chomhchléirigh ar a chéile tá tú ag fiafɪaí! Ar mo shon féin is féidir liom a rá nach duine scliúchasach ó dhúchas mé. Bheadh col bunaithe ar éagsúlacht, shílfeá, ach

9

gabhaimse orm go mba bheag an difríocht a bhraithfeá eadrainn. I gcosúlacht nó eile. Agus nach bhfuil mé chomh díocasach dúthrachtach le duine ag tabhairt 'adhradh an ghnímh'—an t-adhradh céanna a éilíonn comhlachtaí, déithe agus cluichí—don chomhlacht? Agus mura gceapann tú go bhfuil mé chomh paiteanta ar an mbáireoireacht le cách . . . lig dom a mheabhrú duit gurb é seo an lá a thréaslaigh an bainisteoir mo 'churiarracht' (a fhocail féin) ar mhaithe le cur-chun-cinn an comhlachta go diongbháilte liom. Leis an dlaoi mullaigh a chur ar an scéal, nocht sé go raibh m'ainm curtha isteach aige le haghaidh ardú pá; ní fhéad-fadh sé aon cheo a ghealladh dom (bíonn gach uile shórt i lámha na n-úinéirí i gcónaí, ar ndóigh), ach bhí moladh go frathacha faighte is ba leor nod . . . Táim ag tabhairt mo dheargéithigh. In ainneoin nach bhfuil san eachtra seo ach sonda samhlaíochta, ní bhacfad lena chur ar cheal. Bhí an lá ann a d'fhéadfadh sé bheith fíor.

Ach le filleadh ar an gceist nár freagraíodh fós, ar an bhfáth le go seachnaítear mé amhail is dá mbeadh boladh bréan i mo chomharsanacht nó galar togálach éigin á chur i gcónaí as mo chrioslaigh agam. Ar an gcéad dul sios, thiocfadh leat an milleán a chur ar mo ró-íogaireacht, ar mo pharanáia mar a deir mo bhean, ach amháin gur airigh mé iad. Sea, nuair ba bheag a shíleadar mé bheith ina gcomhchlos, d'airíos á rá iad go raibh 'aistíl' éigin nár thuigeadar ag baint liom, go mba éan corr mé, lena chur i bhfocal. Agus bhí sé le léamh ar na scraistí ar fiche bealach . . . ar an ngáire ceilte, ar an tsúil á caochadh gan fhios (mar a shíleadar) . . . agus míle ní eile nach call a lua.

Dar liom féin, ámh, ba scata gealt iad muintir na hoifige nuair a smaoinítear ceart ar an scéal. Chreideadar, cuirim i gcás, dá ndeoin nó dá n-ainneoin, go mba dlí, dúil fhástach bheo ann féin an comhlacht seo againne. Gur sáraíodh gach seangánbheith díobh in uas-shaol na dúile seo. Agus an buille ba aistí, ba dhochreidte ar fad, go raibh raison d'etre gach saoilín folamh díobh taiscthe ann, áit éigin, is go mbeadh fáil go réidh air dá dtoileoidís dul ar a lorg. Ó, tá a fhios agam an cheist atá ag goineachan ionat, ach ná cuireadh an mhoilleadóireacht, an ghaiscíocht faoi bhobanna a fhéachann siad a bhualadh ar an gcóras d'fheacht nó go háirithe, an chaoi gur dual dóibh cleas na luchóige a imirt agus an boss as láthair, cluain ar bith ort. Ach téigh go bun an angair leis an scéal . . . ceistigh bunrialacha, bunfhealsúnacht an chomhlachta agus cuirfidh an fraoch a spreagfaidh tú iontu iontas ní áirím eagla ort.

Agus i dtaca leis an raison d'etre seo—an raibh fáth ar bith ann a rachaidís ar a lorg? Cad chuige an mbeadh? Nach raibh fir ann—saoithe a bhí cáilithe agus údarás aithe ar an mbealach iomchuí, a mba dhomhain a dtuiscint aı an gceist seo, a raibh na freagraí ar fad i mbarr an ghoib acu, arbh fheasach dóibh go mba chasta crua an fhadhb í agus narbh annamh don aineolaí dul ar seachrán ag gabháil di. Agus, d'uireasa an chleachtadh chuí, nach raibh an baol ann i gcónaí, dheiridís, go n-osclófaí bosca Pandora? Ach cibé ar bith mianach a bhí ionam nó cibé ar bith deamhain a bhí do mo spreagadh, tada ní shásódh mé ach an scéal a iniúchadh ó bhun go barr. Anois, ba chóir go bhfaighfeá léiriú tuisceana ar an bhfuath a tugadh dom! Faitíos ba chionsiocair leis, 'deile. Sea, faitíos; faitíos go mbrisfinn ina mionachaí an mháthaıchloch ar a raibh a dtithe tógtha.

Bhí ag cinnt orm dubh is geal mo rún a choinneáil ceilte ar mo chomhchléirigh; ní fhéadfaidís, ar ndóigh, gan an mhalairt iompair a thabhairt chun cruinnis. Na tréimhsí fada ciúnais (suimiúlacht, dar leo), an fochainteachas nuair a bheinn corraithe—ach go mba 'ró-abarthacht' a ngairidís féin de. Agus an lá úd ar fritheadh imleabhar de chuid Nietzsche i mo tharraiceán.

Ach constaic ar bith níor ligeas cónaí i mo bhealach.

Na luchóga caillte a sáití go rialta i bpócaí mo chóta síos, fiú amháin. Fios fátha an aonscéil a bhí de dhíth orm, agus má bhí féith de mo chroí agamsa air, is é a bheadh agam. Amanna samhlaíodh dom go bhfacas ag nochtadh chugam idir mé is léas é, ach nuair a bheinn ag bordáil leis—chúlódh sé arís go n-imeodh as mo shealla . . . tine sí! Dhealraigh ar deireadh thiar nach raibh i ndán dom ach bheith de shíor i mo aisiomtót, go gcoinneodh an freagra, má bhí a leithéid ar fáil ar chor ar bith, air ag sciorradh is ag cúlú uaim in ainneoin dícheall na tóra. É sin nó—agus b'sheo smaoineamh arbh éigin a dhéanamh ar an gcúlráid—'Nach raibh san eithne láir—eithne nasctha an chomhlachta—ach . . . Neamhní.' Sea, neamhní ramhar ag magadh faoin uile, ag borradh faoin uile. Níorbh fhada gafa leis an smaoineamh seo mé gur scoir na taiseanna a mbínn ciaptha leo tráth de bheith do mo mhealladh níba mhó.

D'fheicinn an neamhní dochuimsithe seo ag méanfach taobh thiar den uile ghné de ghníomhaíocht an chomhlachta: mar a bheadh sé ag dradaireacht le teann fonóide! Sna laethanta úd ba mhinic sna tríthí dubha mé ar chloisteáil dom na cainteanna sollúnta faoi 'bheartaíocht' agus faoi 'fhealsúnacht' an chomhlachta, go mba éigean dom súile an bhoss a sheachaint ar fhaitíos go scaoilfinn mo shaingháire díreach suas lena bhéal. Thit mo chuid oibre chun deiridh go mór. Ach an rud ba shuntasaí dar le mo chomhoibrithe: tar éis shaothar na tóra bhíos fillte gan an freagra iomchuí . . . agus b'shin tréas, feall, an peaca do-mhaite. Sheachnófaí feasta mé . . .

'Cad chuige, mar sin,' fiafraíonn tú, pas beag dúshlánach, 'a gcoinním orm ag dul trí na geáitsí.' Ag tabhairt 'adhradh an ghnímh' don dia a cailleadh. Fearacht na bhfocal raidhsiúla grá a scaoilim ag mo bhean, ní chiallaíonn siad tada, ach go gcoinnítear cuing an phósta snaidhmthe agus ise suaimhneach dá mbarr. Agus ansin, ar ndóigh, tá ceist seo an bhia. Bhínn ag tabhairt m'éithigh domhnach is dálach d'aon uaim le go n-íosfainn. Sea muis, is é an bia an t-earra a choinníonn taobh le fimínteacht sinn go leagtar na hordóga orainn. A choinníonn páirteach sa mbáire rí-fhuafar seo tú de do dheoin nó de d'ainneoin.

Agus ag an bpointe seo go díreach cuirim stop ar feadh ala leis an 'nduilleoireacht' seo. Ar aon nós, tá sé thar am agam píosa de m'aithne a ligean leat. Abróidh mé amach é, gan scáth gan náire: is dialannaí lánaimseartha mé. Tá tú díreach tar éis sliocht de mo chuntas a léamh . . . an gcuireann an méid sin iontas ort? Ó, ar ndóigh, is fíor duit; bhínn ag plé leis an gcléireachas tráth. Is léir sin ar ar chuala tú go nuige seo; ach a bhuíochas leis an riocht ina bhfuil mé casta faoi láthair—rún eile a scéithfear ar ball beag—tá curtha ar mo chumas iomlán mo chuid ama a chaitheamh leis an gcuntas seo. Agus bheinn réidh dul i mbannaí go mba 'aisteach' leat an méid a chuala tú go dtí seo. Ach ansin ná dearmad gur duine aisteach mé féin. Sin, nó duine tinn, mar a déarfadh na sluaite a bhfuil mé beag beann orthu. Fágfad an rogha fút féin ach an cuntas a bheith léite agat. Ar aon nós, tuarascáilim gach uile ní—fíorais, samhailteacha, smaointe—bíodh siad fánach nó eile . . . brionglóidí féin, go fiú.

Ach, 'scéal thairis', mar a dúirt an ceann eile. Thiocfadh leis an bport seo imeacht chun fadálachais; ach más foilsiú orm féin agus ar mo chás atá uait ligimis do mo leabhar cín lae labhairt ar mo shon feasta . . .

Tháinig mé anuas ón oifig. Bhí fionnuaire bhreá spreagúil sa mbruíos, is deirge tóstalach i nduilliúr na gcrann sa pháirc ar an taobh eile den bhealach. Ór leáite na gréine smeartha go fial ar mhullaí na spéiráras. Cumraíochtaí seachtracha ag cascairt ionas go bhfaigheadh an té ba dhaol-intinní léargas ar an bhfilíocht ag fuireach taobh thiar. Stopas le go gceannóinn páipéar, d'aontaigh go gáireata le giolla bealáilte na nuachtán go raibh saol an fhata i mbéal muice i ndán do na 'Fathaigh' ina gcluiche oíche in éadan na 'Stocaí Dearga'.

As strócántacht a siobadh sa deireadh mé isteach i gcraos an fho-bhealaigh. B'shiúd síos an staighre gluaiste liom—síos agus síos gur shroich na putóga ghleocha. Am barrthráchta. Tracnacha ag teacht is ag deifriú leo arís ar shála a chéile. Sonc anseo, brú ansiúd agus bhí ceann a bhí ag dul mo bhealachsa aimsithe agam.

Dheasaigh mé mo thóin isteach go sócúl fúm ar shuíochán agus d'oscail mo pháipéar. Rud ar bith le héalú ó shúile na ndaoine eile! B'intuigthe dom riamh anall go mba sa bhféachaint sin a bhí an nimh. Féachaint seo an duine a chuireann faoi dear dúinn fad a bhaint as an mbréag . . . sin, nó ceann eile a chumadh as an nua. Ní foláir dúinn cúbadh uaithi inár bpáipéir agus taobh thiar dár spéacláirí dorcha. Ach i dtaca leis an nuachtán a d'osclaíos, ní raibh aon chuid den nuaíocht ann domsa. Tada, ach an fhleá am-smálaithe chéanna á soláthar—banéigniú, murdar, ár agus slad—cúrsaí nach mbaineann liomsa beag nó mór; feadh m'fhianaise ní beo dóibh ach leagan áirithe prionta.

Cad chuige ar ardaigh mé mo shúile ón bpáipéar? Fáth ar bith! Nó spéis sna paisinéirí eile, b'fhéidir. Ach gur ardaigh . . . Thug ar siúl iad timpeall an charráiste. Díreach ag an bpointe sin a thionscnaigh an mothú a ngairim 'an imeagla' de, ag borradh. Fearacht dúil scáfar éigin a d'eitil isteach sa charráiste nuair ba lú mo choinne. Nó mar a bheadh cuisne dofheicthe do-mhínithe do mo thimpeallú, dó mo scoitheadh amach ó na paisinéirí eile i ndomhain aduain éigin de mo chuid féin. Bhreathnaíos thart . . . ag súil le tarrtháil? Ach na súile úd—ba gheall le súile marbha éisc ag stánadh tríom as buidéal formailín iad. Mhéadaigh ar mo imeagla. Siomfóin ifreanda histéireach—clagar ráillí in éadan rotha, scréachaíl chiaptha na gcoscán, geonaíl na ndíosal;

gleo nár bearnaíodh ag aon ghlór daonna—á tionlacan ar feadh na faide. Uaigneas dochuimsithe . . .

Agus ansin, nuair a shíleas go raibh mé síobtha le sruth na dorchachta seo, mhothaíos péire súl orm. Faoiseamh? Ba ea, feadh ala . . . gur íslígh sí a súile.

Ba díol suntais í lá ar bith den tseachtain an spéirbhean úd a bhí ina suí díreach os mo chomhair amach. Fionn-fholt fada feamainneach ag sileadh léi ina slaoda, ag titim anuas ar ghuaillí a bhí chomh dea-dhealfa mínsnoite le híomhá marmair de scoth na Gréige, seangmhalaí seirce, cíocha cruinne. Ar éigin is gá na comharthaí maise uile a bhíos curtha síos ag lucht scríofa úrscéalta rom-ánsaíochta don tsárbhanúlacht a ríomh anseo. Gúna geal a bhí sa bhfaisean ba dheireanaí agus ag an am céanna nach raibh ag léiriú faisean aon aoise . . .

Ní foláir nó gur mhothaigh sí mo shúile uirthi; thug sí spléachadh cúthalach orm, dheargaigh roinnt, dhaingnigh a liopaí is ghreamaigh a mac imreasan níba dhianasaí den leabhar a bhí oscailte ar a glúin aici. Fearacht is dá mbeadh sí ag fógairt go mba intuigthe di nár den chuiú-lacht aon spallaíocht le strainséirí ar na fo-bhealaí. Seanórtas! Ní mór dom a admháil, bhíos meallta ina dhiaidh sin féin. Agus bhí m'imeagla ceansaithe go mór. Ach cad chuige an déistin seo, an múisiam a d'fhorbair i mo phutóga? Arbh é an chaoi go bhfachtas dom go ndearna mé rud náireach . . . go raibh feallta agam ar phrionsabal—géilleadh lagair b'fhéidir?

Ar aon nós, bhíomar ag teannadh go gasta le ceann scríbe. Trí stáisiúin le dul. Bhí líon na bpaisinéirí scáinte amach go mór ó d'fhágamar lár na cathrach. B'ansin a dhíríos m'aird ar an triúr i gcéaduair. Cosúlacht aisteoirí orthu, déarfá, a bheadh ag fanacht le dul ar stáitse i ndráma éachtach éigin. Cad chuige a ndeirim sin? Dheamhan a fhios agam, ach go ndeachaigh—céard a déarfaidh mé—sórt mothú aibhléiseach den chineál a gheobhfá in áiléar amharclainne agus an chéad bhrat ar

tí a ardaithe, trí lucht an charráiste. Driogaí sceoine! Ar
bhealach níor rugadh orm gan fhios. B'fhéidir go raibh
sé intuigthe dom riamh go raibh mo shaol ón lá a rugadh
mé ag dréim leis an nóiméad seo, go gcuirfí an cheist a
raibh mé ag tnúth léi agus, ní miste a rá, á seachaint go
dícheallach i gcuideachta. Agus go mbeadh an saol uile
ag brath ar an bhfreagra. Ach ansin déarfá: cén tsiocair
imní a bheadh agam? Ní raibh ann ach triúr fear
nárbh aon díol suntais iad ag labhairt i dteanga choimh-
thíoch éigin nach raibh ar mo chumas adhmad ar bith
a bhaint aisti. Ina dhiaidh sin féin ní shéanfá go dtig leis
an croí labhairt ar bhealaí nach eol don intinn. Ar aon
nós, ba ghearr go bhfaca scian ag scalladh.

Ní foláir dom stopadh anseo. Cúpla rud eile a gcaith-
fidh mé tú a chur ar d'eolas fúthu. Más duine de réir do
thuairisce tú, ní móide go bhfaighidh tú cibé ar bith
fíorais atá de dhíth ort i nduillí na dialainne seo. Má
airíonn tú práinn leo fós, mholfainnse duit gráiscnuachtán
a cheannach—sea, gráiscnuachtán ar bith; is cuma cén
dáta. Beidh do dhíol le fáil ansin agat. Is seanscéal é, ar
ndóigh, i bhfo-bhealaí na cathrach: an screadaíl ghéar, an
choimhlint, an géilleadh, cuachaíl chaointe. Agus an
riail eile is féidir a chur isteach sa chluiche seo cuireadh
isteach an babhta seo é—an sá scine, an smearadh dearg
ag leathadh leis go mall ar ghúna geal. Agus más duine
samhlaíoch tú—seans go mothaíonn tú an tsúil achain-
íoch chéanna ag tolladh doimhneachtaí d'anama . . . Ach
fillimis ar mo chuntas cín lae:

. . . scian ag scalladh. Tráthúil Dé meabhraíodh dom
an tráthnóna a bhí ag síneadh amach romham. Scíste
tuillte ceann na seachtaine! Tráthnóna a mbeadh lean-
únachas sóch gnásbheannaithe an chleacht—mo chleacht
féin—ag baint leis. An martíní réamhphroinne dlite,
spraoi leis na gasúir, leabhar measúil, gloine agus Bach.
Ceol só-fheilteach Bach ag climirt sa chúlra, ag díbirt rí-rá
sealadach díchéillí seo an lae nach mbeadh ann amárach

ach prionta fuar ag dreo sna mioncholúin. Bhuailfeadh
J. isteach ag an aondéag. Cúpla cor fichille sa chluiche
reatha sin atá ar bun againn le fada. An comhrá stuama
intleachtúil a spreagtar gan teip ag a láithreacht i
gcónaí . . .

Agus tá bhur gceannaithe tarraingthe as cumraíocht
leis an strainc déistine sin. Bhur lámha á n-ardú le teann
uafáis. Sibhse in bhur suí go breithiúnasach sábháilte,
tá sibh réidh mé a dhaoradh in ainm na móráltachta, na
n-aitheanta treallúsacha úd, bhur ndia. Ach amháin nach
bhfuil mé spleách a thuilleadh ar dhéithe ar neamhní
liom a gcroíthe. Is fear saor mé agus roghnaím mo
réalachas féin. Agus, má dheonaím réalachas an stáitse
a chur in áit lachnacht aimrid an tsaoil seo agaibhse,
céard é sin don té sin nach mbaineann sin dó? "Mura
bhfuil Dia ann" mar a dhearbhaigh an scríbhneoir
Rúiseach, "tá gach uile shórt ceadaithe . . ."

Ach, ar ndóigh, tá sé ag teastáil uaibhse ar gach uile
bhealach. Nó ní fhaca mise lámh chúnta ar bith á seach-
adadh go háirithe. An bhfuil sibh chomh beagnáireach
sin gur chlis ar an bhféachaint sin dul d'aon amhóg glan
eascartha thar gach uile chlaí cosanta dár thóg sibh
riamh? Nár lonnaigh go díbhirceach i gcroílár na
hintinne? Nach ndearna meadhg agus gruth den eithne
úd a shíneann siar uaibh isteach, atá geal agus glioscar-
nach fearacht sneachta na haon oíche, giodán, dar libh,
nár salaíodh riamh agus nach salófar fós ag smearadh
lathach an éithigh. Táim ag diomailt mo chuid ama! Mar
d'airigh mé ag an stáisiún sibh . . .

An stáisiún ceann turais. Rí-rá táir, daoscarslua
cruinnithe le teann fiosrachta, ag tnúth le boladh na
fola le go mbeadh sé le rá . . . Póilíos tuairisceoirí, ceistiú:

—Tuige 'bith!

—Bhuel, 'dtuigeann tú, tá an-chúram ormsa . . . na
gasúir in aois scoile, mo bhean ag fuasaoid . . .

—Na heachtrannaigh seo. Ná glac contráilte mé; níl

aon cheo in éadan gormaigh per se agam—ceist shibhial-
tachta atá inti. An iomarca díobh á ligean isteach sa
chathair. Ba chóir cosc . . .

—D'airigh mé ráite riamh é nach bhfuil na ciníocha ó
dheas intrust. Ag Dia féin atá a fhios céard d'fhéadfadh a
theacht as—fonn díoltais, faltanas fola . . . cá bhfios?
Agus cén ceart bheadh agamsa mo mhuirín a chuir i
nguais a! mhaithe le . . . strainséara mná?

—Sáifí mé!

Agus araile . . . Bhuel, is sibhse a chaithfidh maireach-
táil abuil na bréige feasta. Ní á roinnt libh é! Ach
maidir le bhur mbreithiúnais; coinnigh iad! Fad is a
bhaineann siad liomsa, níl iontu ach saighdeadh chun
suilt. Le filleadh ar an gcuntas:

. . . Bhí sé ag dorchú roinnt sular éirigh liom éalú ón
slua. Tharraingíos cab mo chóta aníos is rinneas ar
m'árasán de shiúl na gcos. Oíche spéirghealaí, gealach
dhearg-ghnúiseach na gcoinnleach ag seoladh teiscinntí
na spéire agus dúradáin sheaca ag drithliú ar an talamh
faoi shoilse sráide. Níor, chíónaíos an áilleacht ráithiúil,
ámh, arae bhí eachtra an lae do mo bhuaradh i gcónaí.

Ní raibh sé a hocht a chlog baileach nuair a shroicheas
an teach árasán. B'shiúd suas an staighre liom, ag tochailt
i rith an achair le haghaidh na heochrach. Chuartaíos
gach uile phóca go cúramach, ach b'shin a raibh de
thairbhe dom ann. Caillte! Mura raibh siad fágtha san
oifig agam. Bhuaileas ar an doras. Dheamhan freagra.
Cnag eile, pas beag níba mhífhoighdí ag fuaimniú den
gheábh seo. An toradh céanna. Chuireas cluas leis an
gcomhla. Go hiondúil bheadh na gasúir ag spraoi nó ag
bruíon sa riocht is go mbeadh an gleo le cloisteáil
leath bealaigh síos an dorchla. Ach anois: dheamhan
gíog nó míog . . .! Damanta ait! Céard d'fhéadfadh . . .
sea, b'shin é é. Bhí sé déanta aici arís mura raibh ag
Dia—rug mo bhean na gasúir léi ar áirneán go dtí na
tuistí cleamhnais. Níorbh é. seo an chéad uair. Ar a

laghad ar bith shílfeá go bhfágfadh sí teachtaireacht ag an oifig. Ach, maidir le mná! Dá gcuirfinn an doras dá lúdracha: smaoineamh arbh éigean a chaitheamh i gcártaí. Bheadh orm dul chuig an mbosca teileafóin ar an tsráid agus glaoch a chur uirthi san áit ar shíleas í bheith. Anuas an staighre liom arís. Bhrúigh díom amach an doras tosaigh.

Bhí an tAthrú úd chomh mór, chomh bunúsach sin gur thóg sé cúpla meandar sula ndeachaigh sé ina luí i gceart orm. B'é an tost an chéad rud ar chuir mé crónaí ann.Tost oighreata idir-reannach a bhí ag áitiú sráideanna na cathrach, samhlaíodh dom. Duine nó deoraí ní raibh le feiceáil aon áit. Ar shráideanna nó eile. Na sráideanna céanna a bhíodh gleoch i gcónaí le sianaíl tráchta: fear, bean, an madra féin ní raibh le feiceáil ar a bhfud. Nó ceo ar bith ag corraí ach dramhnuachtáin faoi smúracht na gaoithe. Níorbh 'imeagla' go dtí anois. Thosaigh an driogáil fhuar a bhfuil mé imithe chomh mór sin ina teanntás le suim d'achair anall ag pricínteacht mo chnámh droma. Fáthanna cionsiocaireacha a d'fhéadfadh an scéal a mhíniú ag réabadh trí mo chloigeann. Mearbhall tromluíoch intinne, b'fhéidir. Rabhadh aerruathair nár airíos, b'fhéidir. Bhí gach réiteach eile dár thit i mo cháilíochtaí i ngeall le bheith dochreidte.

Rinneas ar an mbosca teileafóin de rite reaite, mo choiscéimeanna ag macallú ar an tsráid thréigthe. Chas mé uimhir na dtuistí cleamhnais. Freagra níor airigh mé—líne mharbh. Ghlaoigh mé ar na póilíos. Líne mharbh! Bhí gach uile líne marbh. Dhealraigh sé go raibh an cine daonna glanta de dhromchla na cruinne fearacht sneachta na haonoíche . . .

Tá sé seachtain anois ó tharla na himeachtaí a bhfuilim á dtuarascáil. Agus tá gach lá ó shin caite agam ag scríobh is ag sireoireacht anonn is anall ar chearnóga is ar shráideanna na cathrach. Tá an dóchas go bhfeicfead aon duine beo arís i ndáil le bheith ídithe. Ní féidir an dá thrá a fhreastal, 'deile. Ach ansin arís—b'fhéidir go mbíonn sé riachtanach scaití domhaintí a scrios. Siúráilte cuireann mo chumha i ndiaidh saol atá caite deora goirt ag briseadh faoi mo shúile ó thráth go céile, ach, gí doiligh leat a chreidiúint—mise amháin a roghnaigh an t-uaigneas seo. A d'fhreagair ceist na scine ar mo bhealach féin. Síneann saol romham—pár fada maighdiniúil na mblianta—agus is liomsa amháin an lámh a stiúrann an peann.

RAGOBAIR

Colbert Ó Cearnaigh

CHUALAS COISCÉIM an tsaoiste ag clingeadh ar urlár marmair an dorchla ar a chuid cuairteanna roimh dul abhaile dó ag a hocht. De phreib shacas an buidéal tuirpintín ar ais i mo phóca, shnapas an scuab i mo láimh agus chuireas cuma oibre orm féin. Tháinig sé isteach san oifig bheag ina raibh mé ag obair, ag breathnú ar na fallaí, agus é ag caint os ard.

—'Chríost, bhí a fhios agam go raibh sibh ag obair in ospidéal ach ní raibh a fhios agam go raibh sibh chomh dona tinn seo. Go sábhála Dia sinn. Leonardo, an é seo an brat deiridh?

—Chomh fada is is eol dom.

—Cuma faoin méid is eol duit, caithfear ceann eile a chur uirthi. Cé ghlacfadh leis an mbúistéireacht seo? Cad a rinne sibh? An phéint a chaitheamh uirthi? N'fheadar cén fáth go ngoideann sibh na scuabanna; ní thuigeann sibh conas iad a úsáid. Agus ragobair. Ag iarraidh ragoibre!

Sheas sé taobh thiar díom.

—Bí aireach ar an doras sin nó beidh na banaltraí anuas sa mhullach orm. Ormsa a leagtar gach uile shórt. 'Phaid, cén tslí bheatha a bhí ag d'athair?

—Bhí sé i bhfeighil leipreachán i sorcas.

—An-ghlic ar fad. Cathain a bheas tú ag imeacht?

—Ag a hocht.

—Bhuel bíodh sé ag hocht. Agus bíodh an doras sin

réidh agat agus na pánaí gloine glanta.

—Oíche mhaith.

Shiúil sé amach as an seomra agus ar ais tríd an dorchla ag eascainí ar lucht oibre an lae inniu, go mórmhór ar Éireannaigh, na banaltraí go háirithe. Ceathrú tar éis a seacht. Thógas an buidéal amach as mo phóca agus chromas ar mo lámha a ghlanadh. Ag obair in oifig bheag ar chúl ospidéil in iarthar Londan agus diabhal smaoineamh a bhí agam fanacht ann go dtí a hocht an lá beannaithe sin. Ní hiad na fir bheaga a bhaineann an fómhar ach an oiread. Leagas mo scuab ar an gcanna, mo mhallacht ar an doras agus thriomaigh mé mo lámha le giobal éadaigh. Chromas ar m'fhorbhríste a bhaint díom. Bhí mé tar éis a bheith an-chúramach caoi a choinneáil orm féin an lá go léir ó ghlaoigh Liam orm. Amuigh sa leithreas bhí culaith éadaigh nua, mo bhróga nua agus greim le n-ithe. An té atá sláintiúil ní foláir dó bheith glic. Bhaineas m'éadach oibre díom ag smaoineamh ar Liam, cén fáth go raibh sé ar mo thóir, céard a bhí uaidh. Amach liom go dtí an seomra folctha.

Galúnach agus uisce te. Shíneas mo lámha isteach san uisce agus dhúnas mo shúile. D'éirigh an teocht agus an ghlaineacht ionam. Chuir siad ruaig ar phéint, ar mhothú na péinte agus ar bholadh an tuirpintín. Chuimil mé an t-uisce ina shobal, chaitheas ar m'éadan é, thart ar mo chluasa agus timpeall ar mo scórnach. Thomas iomlán m'aghaidh isteach i soitheach seo an aoibhnis. Ar dheis ar an bhfalla bhí tuáille, é glan bog cumhra. Choinníos i gcoinne m'aghaidh é, ag baint taitnimh as le gach céadfa.

I bhforaois an túaille d'airigh mé ospidéal eile ag éirí aníos. Boladh na haoise thart timpeall air. An Rotunda, an lá seo sa bhliain 1944. Ar an taobh eile den tsráid, lasmuigh de thábhairne Mooney, bhí fear díolta páipéar ag screadaíl faoi dhea-scéala ón mhór-roinn. Beirt taobh istigh ina suí ag an gcúntar marmair, forbhrístí péintéireachta orthu. Duine amháin, Seán, tá sé ard caol, cuma stuama air agus é de shíor ag bhreathnú ar an gclog. A dheartháir Ned, croiméal air agus hata, eisean níos raimhre agus níos gealgáirí. Labhrann Seán leis an ngiolla:

—Cén t-am é?

—Tá muid deich nóiméad mear.

Féachann Seán ar an gclog arís, tagann anuas den chathaoir agus siúlann amach as an tábhairne. Déanann Ned gáire leis an ngiolla agus sánn a chroiméal isteach in úrphionta pórtair.

Cuimhním. Iúil, an cúigiú lá fichead, leathuair i ndiaidh a seacht.

Chuireas léine bhán orm agus d'fháisceas an carabhat faoin bhóna. Níor tháinig aon duine le bac a chur ar an athrú éadaigh agus i gceann dhá nóiméad bhíos i mo shuí ar an umar ionas nach gcreidfeadh duine go bhfaca mé obair ná péint ar feadh míosa. Bhíos ar mo sháimhín só, ag ithe ceapairí. B'ait mar ghlaoigh Liam ormsa nuair a bhí mise ar tí glaoch air. Dúirt sé nach raibh aon rud ag cur isteach air ach . . . Cén dochar? Slanófar sinn go léir i ndeireadh na dála. Faoi láthair bhí gach uile shórt i gceart: an saoiste imithe abhaile, ceithre huaire déag ar mo bhilleog don lá agus an-oíche craeic romham. Sea, ma tá file i láthair le peann agus páipéar scríobhfaidh sé tráchtas ar an oíche romhainn. Agus nach iontach an áit é ospidéal mar láthair oibre? Na mílte dorchla agus cúldoirse. Nuair a bheidh an greim seo ite agam bainfidh mise úsáid as an gcúldoras is cóngaraí, ach i dtosach ní mór dom m'éadaí oibre agus m'uirlisí a chur i bhfolach mar tá gach uile sheans nach mbeidh mé anseo ro-mhoch maidin amárach.

Stáisiún na bhfothalamhán, Hammersmith, a hocht a chlog.

—Scilling le do thoil.

Bean ramhar dhubh a ghlac an t-airgead agus a shín

an ticéad chugam. Ar dheis: traenacha ag dul soir, an bealach seo. Cigire ticéad ag an gclaí.

—Cathain a bheidh an chéad traein eile ag teacht?

—Cúig tar éis.

Thíos ar an ardán lasas toitín. Bhí beirt romham ar shuíochán: buachaill caol tinneasnach, folt fada fionn, cóta corcra air, léine ghlas agus brístí bána *mod*. A chailín faoi cheilt ag cóta buí fearthainne, a cuid gruaige giobtha sa stíl Cheilteach. Glib. M'anam don chigire ach dá mbeadh an feisteas sin orm ní bheadh aon strß orm anocht. Beagáinín níos faide siar uaim bhí duine eile: é salach scrogallach, tromfholt dubh agus spéacláirí a bhí níos troime agus níos duibhe fós. Seanphéire *jeans* agus geansaí uime agus cosúlacht air go raibh sé ag cumadh filíochta, ag iarraidh focail a dhéanfadh rím le Picadilly.

Bhí fonn orm, fonn nárbh eol dom, fonn ciúin dorcha briste le béimeanna feirge, fonn briste nár thuig mé. Tháinig éad orm nuair a chonaiceas seanduine gorm ag scuabadh agus é ag feadaíl os íseal. Agus Liam, céard atá uaidh? Tharla fothrom agus chonaiceas súile geala bána i bhfad uaim i bpoll an dorchadais. Ghread an traein tharam go torannach. Bhí mé faoi gheasa go dtí go ndeachaigh an luas i laghad agus gur stop an traein. Thugas faoin doras ba chóngaraí ach bhí cosc ar thobac sa gcarráiste sin. Chuas isteach sa chéad cheann eile ar shála an fhile a bhí taobh thiar den bheirt *mod*. Séideadh an fheadóg agus shleamhnaigh na doirse i ngleic a chéile. Mothaíodh fuaim agus neart faoin traein arís agus ghluaiseamar ar aghaidh go mall luascach, an luas ag dul i méid do dtí go raibh spéir na hoíche samhraidh caillte orainn agus muid ag réabadh isteach i gcroí an dorchadais.

Bean agus páiste a bhí istigh romhainn. Shuigh na *mods* agus an file lámh leo agus shuíos féin os a gcomhair. Sa tollán bhí an fhuinneog romham mar scáthán agus b'fhacthas dom nach raibh mo charabhat i gceart.

Chromas ar é a réiteach. Á dhéanamh san dom bhí an páiste ag stánadh ar m'íomhá: chuaigh an gasúr beag fionn ar a ghlúine ar an suíochán agus thosaigh ar a lámh a chuimilt den ghloine. Rinne sé meanga liom, d'fhreagair mise agus ba ghearr go raibh seisean ag scairteadh gáire. Tharraing an mháthair anuas é. Lig an file osna agus thóg leabhar amach.

Bhí Liam Ó Broin ar scoil liom agus thángamar go Londain den chéad uair i gcomhluadar a chéile. Chuamar ag obair i dtábhairne i Chelsea ar chúig phúnt déag sa tseachtain—saibhreas an tsaoil. Ceithre bliana ó shin. Nuair a tháinig mise ar ais go hÉirinn ag deireadh an tsamhraidh ní raibh sé liom. Chaith sé tamall ag bualadh thart ach faoi láthair bhí post aige in óstlann céad slat óna lóistín in Earl's Court. Casadh orm é nuair a tháinig sé abhaile ar shaoire na Nollag. Sea, bhí an-óiche againn, mé féin, Liam agus Síle Ní Chathasaigh a bhí leis. Duine mór dea-chumtha a bhí ann, éadaithe i gcónaí *a la mode* agus bealaí iontacha aige leis na cailíní. Ag na scléipeanna go léir ní hé amáin go raibh fáilte roimhe ach bhí feitheamh leis.

B'ait an duine é, thuas seal, thíos seal. Fuair a mháthair bás nuair a bhíomar ar scoil agus bhí scéalta ann faoina athair. Níor chualas an focal 'máthair' ar a bheola ina dhiaidh san ach bhí rian ar a mheon. Ach i bhfad uaim an tromchúis an oíche seo.

Gaeil a ghearr na tolláin seo, muckshifters as Éirinn, mo sheanathair féin orthu tráth. Lucht na bpiocóidí ag sclábhaíocht faoi allas an dorchadais. Féitheacha na cathrach agus fuil London ag sceitheadh iontu ar feadh an lae. Na fógraí ag caint linn: tá duine éigin in áit éigin ag súil le litir uaitse. Faoi ghlas sa laibirint seo. An páiste ag dul abhaile, an file go caifitéire i Chelsea, na *mods* go club damhsa sa chathair.

Tháinig laghdú ar luas na traenach agus ar feadh achair bhig roimh dul isteach i stáisiún Earl's Court bhris lagsholas na gréine anuas orainn. Bhailigh an bhean a cuid málaí le céile agus thóg an buachaill ina glaic. D'éiríos féin agus rugas greim ar an mbarra. Sa stáisiún bhíomar i saol eile, saol ina raibh sluaite strainséirí agus sioscadh cainte—tionól díocasach d'aos óg Londan saor ó chlog na hoibre agus feistithe go glégheal le haghaidh scléip na hoíche. Cailíní de gach dath agus meáchan. Ó a Rí na nGrásta bheinnse sásta mura mbeadh i mo bhachlainn ach beirt nó triúr. Plóid ag bailiú, beirteanna ag casadh ar a chéile. Daoine as gach aon aird—*au pairs* ón Fhrainc, micléinn ón Ghearmáin, cuairteoirí ón tSeapáin. Cailín aonair ag déanamh dianscrúdú. Lánstad.

Osclaítear na doirse agus ligim an mháthair amach romham. An file lámh liom. Dante, a dhuine. Vita Nuova. Plód mór ag iarraidh brú isteach sa charráiste. An mháthair basctha acu. Déanaim iarracht deis a thabhairt di éalú slán. Buíochas ar a beola. Allasgháire na máthar. Fiche i ndiaidh a hocht. Feictear dom bean óg ag únfairt ar leaba, fuarallas ar a héadan. Dúnann a súile agus cailleann gach tuiscint. Lasmuigh den seomra tá fear caol stuama ag argóint le banaltra. Screadaíl thanaí ghéar. Sracfhéachaint ar uaireadóir agus scríobhtar. Buachaill. Fiche i ndiaidh a hocht.

Sciurdann an traein amach agus tugaim faoin doras. Ag barr an staighre glactar mo thicéad agus scaoiltear ar an saol arís mé. Ritheann an fear caol trasna na sráide agus isteach sa tábhairne, cár go cluais air. Croitheann Ned lámh leis agus tagann an giolla chucu.

—Buíochas le Dia. Fámaire breá de bhuachaill. Agus dá bhfeicfeá Máire, as a meabhair le haoibhneas, thall ag súgradh leis an bpleidhce. Deacair a chreidiúint. 'Phádraic, dhá ghloine mhóra agus do rogha féin.

—Íosa Críost linn an oíche bheannaithe seo.

Ligeann Ned béic as agus déanann slad ar an méid pórtair sa ghloine aige. Tosaíonn an oíche anseo. Go dtí go sroichim an High Street ní ghlacfaidh mé faoiseamh is i gcomhairle le Liam tosóidh mé ag ól.

Bhí mé féin agus Liam ólta go maith nuair a dúnadh an *Prince of Wales*. Sheasamar lasmuigh i gcoinne an fhalla ar feadh tamaillín, ag caitheamh toitíní agus ag caint leis an gcomhluadar. Fad agus a bhí mise ag iarraidh cuimhneamh ar an naoú véarsa d'Anach Cuan bhí Liam agus buachaill eile i mbarróg a chéile ag siosarnach faoi chóisir sa Chearnóg. Bhí sé ag breathnú orm achar gearr sular airigh sé mé.

—Íoslach 123. An gcloiseann tú? 123. Spáinnigh, an dtuigeann tú, micléinn ar saoire. Rachaimid. Ná bí cancrach. Rachaimid mar níl fonn orm dul abhaile.

Chuir sé lámh tharam, d'fhágamar céad slán le gach duine agus chuamar faoi dhéin Nevern Square, Liam gan bhuairt, mise ag iarraidh bheith chomh sultmhar leis. Ní raibh sé ar fónamh nuair a casadh orm é ach bhí an sean Liam faoi lán seol anois. Toisc nach raibh póilín le feiscint thosaigh sé ar a leagan féin de *Galway Bay* agus thug íde dom nuair nár tháinig mé isteach leis. Thosaíomar beirt arís. Taobh le bosca teileafóin d'éirigh sé as agus leag méar ar a bhéal.

—Aire anois. Éirigh as an mbúiríl mar níl an teach i bhfad uainn. Éist . . .

—Céard?

—Éist do bhéal.

Cheap mé go raibh sé tráthúil agam agus arsa mise:

—Bhí rud éigin ag spochadh asat anocht.

—Bhí . . . bhí mé ag smaoineamh ar an tseanáit.

—Abair céard a bhí ag cur isteach ort.

—Brian Ó Ceallaigh S.C.M. Síceolaí caoch ar meisce.

—Cac.

—Mar a dúirt an pápa le Galileo.

—Cad dúirt sé?

—Cac.

Nuair a shroicheamar an teach, uimhir 123, d'airigh mé cóisir ar siúl trí fhuinneog an íoslaigh. Ritheamar síos an staighre agus bhuail ar an doras. Sasanach beag fionn a d'fhreagair; ba chosúil nach raibh fáilte romhainn.

—Cé sibh? Ní bhfuair sibh cuireadh.

—Ní bhfuair tusa cuireadh ach an oiread.

—Tá mise cairdiúil leis na daoine anseo.

—Agus muidne freisin.

—Cé léi?

—Maria.

—Fan go gcuirfidh mé ceist uirthi.

Chuaigh mo dhuine isteach ach níor thugamar seans dó an doras a dhúnadh ina dhiaidh. Ní raibh de sholas sa seomra ach lasair choinnle; ní raibh le cloistéail ach búiríl ghramafóin, manrán fear agus siodgháirí ban. Chas an Sasanach fionn and d'fhéach orainn. Bhí sé ar tí cainte ach b'fhánach aige é. Bhíomar ann.

Bhreathnaigh mé thart timpeall ach ní fhacas aon duine go raibh aithne agam air. Ba dheacair bheith cinnte ach bhí tuairim sách maith agam go raibh na cailíní sásúil. Thug Liam uillinn dom.

—Nóiméad amháin. Ní bhfaighimid bás den tart.

Chaolaigh sé leis go dtí cúinne sa seomra mar a raibh bord, roinnt buidéal agus cailín. Thosaigh sé ag caint léi agus sula mbeadh deis ag duine *sláinte* a rá bhíodar beirt ag gáire. Fad agus a bhí sise ag líonadh gloine dó thug seisean comhartha dom teacht trasna chucu. Chuas.

—Mo chara Brian, mo chara Juanita.

Bheannaigh mé di agus phléasc solas na coinnle ar a chuid fiacal. Labhair sí.

—Céard a bheas agat? Fíon, beoir, branda.

—Branda.

Branba is fíon ann a scanródh daoine, gruaig dhea-shlíochta is na *fags* á roinnt. Thugas sracfhéachaint ar sciorta, lámh liom, léi féin. Caithfidh go raibh an Juanita seo an-chairdiúil le Liam mar ní gloine branda a thug sí dom ach geall le leathphionta. Faoin am seo cuireadh ceirnín nua ar an ngramafón agus thug Liam cuireadh damhsa di. Im aonar seal im sheasamh a bhíos agus idir dhá chomhairle faoin gcailín lámh liom. Dá dtéinn ag damhsa léi céard a dhéanfainn leis an mbranda seo? An Sasanach beag fionn a thug freagra dom: rug seisean amach ar an urlár í. Níor dhún Dia doras riamh nár oscail sé geata. Chailleas cailín ach fuair mé suíochán. Chuireas an ghloine suas ag mo bhéal. Rinne na bolagaim ruathar fíochmhar isteach ionam; chuaigh mo bholg trí thine agus tháinig deora taobh thiar de mo shúile. Bhí ceann eile agam le ruaig a chur ar an gcéad ceann. D'imigh an toirneach agus leathnaigh teocht álainn tríom, ag síneadh amach i ngach féith. Bhí aghaidh Liam os mo chomhair, a ghuth ar snámh romham.

—'Buachaill, a Bhriain. 'Buachaill.

Chroith mé láimh air ach bhí sé imithe arís. Ní fhacas ach géaga á lúbadh sa chlapsholas. Ní raibh a fhios agam fós cén fáth gur ghlaoigh Liam orm san ospidéal. Bhí béalóg eile branda agam, shíneas mo chosa amach agus dhúnas mo chúile. Téigh a chodladh. Gaoth an gheimhridh scallta fuar. Amuigh sa chistin bhí Ned ag canadh go mall srónúil. Ar theacht isteach dó thairg sé gloine dá dheartháir agus fuair buidéal ar an mbord. Drom an Óir.

—Déanfaidh sé seo maith duit, ar seisean ag scairdeadh uisce beatha isteach sna gloiní. Seán mar a bheadh sé ina chodladh agus a shúile ar oscailt, a dhá láimh ag titim uaidh.

—Réidh, a Sheáin, arsa Ned ag síneadh na gloine chuige ach fós níor fhreagair Seán; ag stánadh isteach sa chúinne a bhí sé, ar an gcliabhán a rinne sé féin as an adhmad a thug Jack Corr dó, ar an bpéint ghorm a chuir sé féin air. Bhí a cheann ar crith agus glór íseal idir gol agus gáire ag teacht uaidh. Buachaill. Buachaill.

—Hups! Hups! Dúisigh.

Bhí Liam os mo chomhair arís. Chroitheas mo cheann agus d'éirigh chuige.

—A Bhriain, a deir sé, ní mór dom dul suas staighre ar feadh tamaill. Tá eagla ar an gcailín seo dul suas léi féin. An dtuigeann tú?

—Ná bíodh aon eagla ortsa.

Chuaigh siad agus smaoinigh mise. Níor thaitin an leibideacht a bhí orm liom agus ní raibh ach leigheas amháin. Comhluadar a bhí uaim, cailín amháin a bheadh in ann agus a bheadh sásta . . .

—Brian Ó Ceallaigh.

A Rí na bhfeart.

—Nóirín. In ainm an athar. Cé as a dtáinig tú?

—Nílim ach tar éis teacht. Cá bhfuil Liam?

—Nóirin Ní Eidhin, bhí an ceart ag Freud. Féach anois, bhí brionglóid agam aréir: go raibh mé ar chóisir i gcearnóg éigin in Earls Court, uaigneach, lagbhríoch; gur tháinig Nóirín an stáidbhean chugam, gur rug sí orm mar seo agus gur loisc sí mo shúile leis an bpóg ba mhillteannaí riamh.

—Éirigh as nó brisfidh mé do rud éigin eile leis an gcic is millteannaí. Cá bhfuil Liam? Chualas go raibh sé anseo leat.

'Tuige Liam, a dúras liom féin. Is fada an lá ó bhí dlúthchairdeas idir tú féin agus Liam. Mar sin de, le cúnamh Dé, ní fada uainn an tráth go mbeidh cairdeas de shaghas éigin idir Brian agus Nóirín. Dia am stiúradh anois.

—'Bhriain, ar chuala tú riamh faoi Shíle Ní Chathasaigh?

N'fheadar cad a tharla. Chasas uaithi agus ghearras bealach tríd an damhsa. Ansin suas staighre liom le luas lasrach gan eolas agam cá raibh mo thriall. Céard a tháinig orm? Cinnte, bhí braon no dhó ionam ach ní raibh a fhios agam go raibh mé ar mire. A Bhriain, tá sé in am duit luí síos—leat féin.

—'Bhriain.

A guth thíos, ar mo thóir. Doras taobh thiar díom,

isteach liom.

Pé bastard no mach bastaird atá ionat gread leat.

Liam, ina luí ar leaba. Chuas chuige ar mo cheithre boinn.

—Liam. Gabh i leith.

—Brian Ó Ceallaigh. An bhfuil tú as do mheabhair?

—'Chuile sheans. Cé tá leat?

—An cailín céanna. Imigh leat.

—Tá Nóirín Ní Eidhin thíos le scéal nua ar an diabhalscéal.

—Is cuma liom má tá Maois thíos.

—D'fhiafraigh sí díom an raibh aithne agam ar Shíle Ní Chathasaigh.

Bhí ciúnas sa seomra. Chuir an cailín ceist ar Liam ach níor Greagair sé. Ní raibh le cloistéail ach anáil á tharraingt.

—Téigh síos agus abair léi go ndeachaigh mé abhaile, le tinneas cinn. Ná bac leis an rud seo taobh liom; ní thuigeann sí an chuid is lú den chomhrá seo, buíochas le Dia. Fan nóiméad, tá seift níos fearr agam. Tá deirfiúr ag an gcailín seo agus táid beirt ina gcónaí gar don teach seo. Rachaimid ann. An mbeifeá sásta leis an méid sin?

Dúras go mbeadh agus chas sé chun an chailín a bhí leis. Chogair sé ina cluais. D'éirigh sí, d'fhéach orm mar a dhéanfadh póilín agus shiúil as an seomra. D'éirigh Liam ina shuí agus thairg buidéal dom, a lámh ar crith.

—Cad dúirt sí leat i gceart?

—Bhí sí do do iarraidh agus nuair nár thugas aon fhreagra uirthi d'fhiafraigh sí faoi . . .

—Sin an méid?

—Sin. Cad tá ar siúl agaibh? Abair liom.

Ní raibh focal as. Chuir sé an buidéal in airde agus d'ól a raibh ann. Shuigh mé ag bun na leapa, meascán mearaí orm. Mo chara anseo, rud éigin ag cur isteach air, gan meig as. Cailín thíos staighre ár n-iarraidh. Cualathas coiscéimeanna ar an staighre. Chas Liam

31

chugam.

—Iarraim an gar seo ort: nuair a thagann an cailín eile téigh síos agus fan orm. Ní bheidh mé ach nóiméad in bhur ndiaidh. Níl a fhios agat cá bhfuil mise.

—Ach 'tuige an gheáitsíocht?

—Éist.

Osclaíodh an doras agus tháinig na deirfiúracha isteach. Rinneas an-iarracht mé féin a réiteach sular shiúlas chuig an aisling a bhí romham ach ar an bpointe sin réab snag spiacánach amach asam agus ba bheag nár tachtadh mé. Chuamar síos staighre i lámha a cheile— mise ag scagaireacht go glórach agus ise ag sciotaraíl gáire.

Thrasnaíomar láthair an damhsa agus stiúraigh sí mé isteach i seomra eile, áit nach raibh le feiscint ann ach toitíní ar lasadh. Ábhar máthar, go maithe Dia di é. Chuir sí i mo shuí i gcathaoir mé agus shuigh sí féin ar mo ghlúine. Tosach maith leath na hoibre.

—A ainnir álainn, is geal liom do shúile gorma.

—*Verde lisonceador*. Tá siad donn.

—Éirigh as an teanga bharbartha sin.

—*Eh! Parate*.

Rugas uirthi agus tharraing chugam í. Sa bharróg tobann seo shás mo bhéal ar a béalsan. Le linn na póige sheolas paidir ar neamh nár bhuaileas ar a srón í ná ar a súil. Is ag Dia amháin atá a fhios cén fáth nár tharla aon snag ionam san aontacht úd agus is aige féin amháin atá a fhios cén fáth nár tharraing sí leiceadar orm. Ach níor tharraing. Achar gearr agus d'éirigh sí as an troid. Sa deireadh d'fhéach sí orm.

—Tá tú an-fhiáin.

—Níl ionam ach sú na hóige.

—*Madre di Dios*.

—Ná bí drochtheangach.

—Ní tada den óige atá ionat ach cleachtadh na haoise.

—Cad is ainm duit?

—Maria. Agus tusa?

—Antonio Rafturaí.

Níor tháinig Liam agus mhéadaigh ar m'imní. Bhí thiar orm. Níor réitigh an deoch liom ach an oiread. Nuair a dhúnas mo shúile d'éirigh na tonntracha ionam agus ba chosúil le bád mé gan stiúir, suas síos, gan idir mé féin agus an trá ach cúpla slat. Ag imeacht uaim agus ní thig liom snámh. Bhí sé ina challán: screadaíl thuas staighre, doras á phlabadh, coiscéimeanna tapaidh, béic mheisciúil.

—Gread leat, a chailligh. Gread leat agus scuab d'urlár féin, a sheanbhéil de bhitch.

Rith cách amach féachaint céard a bhí ann. Chonaiceas Nóirín Ní Eidhin ag sciurdadh an doras amach. Tháinig cathaoir tríd an aer agus rinneadh praiseach de ar an doras dúnta. Chuaigh cúigear nó seisear go bun an staighre agus bhreathnaigh suas ar Liam. Labhair duine amháin agus bhagair bás air mura n-éireodh sé as an amaidí. Mar fhreagra tháinig bláthchuach anuas agus rinneadh smionagar de ar an gcathaoir bhriste. Thosaigh mná ag screadaíl agus fir ag buiríl; d'airigh mé Maria ag luí isteach liom agus eagla ina súile. Lasadh an solas. Thuigeas go raibh Liam i dtrioblóid ach níor thuigeas cén fáth no conas é a réiteach. Ní fhacas mar seo riamh cheana é. Chuaigh duine mór féitheogach suas an staighre le stop a chur leis ach bhuail Liam é agus ansin bhíodar i mullach a chéile ar an urlár. Bhí mo chroí ag plabadh ionam; bhíos ar tí caoineadh. Bhíodar beirt ag únfairt ar an talamh nuair a smaoinigh duine ar chabhrú leis an Sasanach.

Bhí an giolla céanna ag iarraidh cloigeann Liam a chur i mbarróg nuair a tharraingeas cic air a d'fhág tinn sa tóin é. Agus mé ag iarraidh Liam a shaoradh ón duine eile mhothaigh mé lámh timpeall ar mo mhuinéal. Sular caitheadh amach ar an urlár mé d'éirigh liom Liam a scaoileadh. Bhí sé ina sheasamh agus is ansin a thosaigh an cambús lán-dáiríre. Ní hé go raibh sé ar meisce ná go raibh fearg air—bhí sé glan as a mheabhair. Thug sé smeach faoin smig don chéad duine eile a tháinig leis agus cualathas fiacla ag cliotaraíl. Fuair sé greim ar lead eile agus chaith ó cheann ceann an tseomra é. Chuir sé eagla orm féin. Thugas ruathar faoi bheirt a bhí ag dul chuige le chéile ach rug bastard de Shasanach ar mo chuid gruaige agus ba dhóbair dó í a choinneáil. D'éirigh mé den urlár agus deargfhuath i mo intinn: chasas ar an maicín céanna agus, le gach a raibh ionam taobh thiar de, shás mo dhorn isteach ina éadan.

Bhí cailíní ag olagón i ngach teanga. Dúisíodh an teach go léir, bhí líon na nGall ag dul i méid agus ba ghearr go raibh ochtar acu ina seasamh romhainn, ag mallachtú ar na hÉireannaigh. Labhair Liam liom agus b'fhuar agam é a dhiúltú.

—An buidéal taobh thiar díot. Faoin bhfuinneog.

Tharla ciúnas ann. Contúirt. Bróga sa bholg. Dorn faoin gcluais.

—An buidéal.

Thugas dó é. Thosaigh na cailíní ag impí agus na fir ag bagairt. Ná mill an seomra seo. Má bhriseann sibh cipín amháin san áit seo. Tugadh an comhartha nuair a chualathas roth teileafóin á chasadh: scaoil Liam an buidéal uaidh agus ní raibh aon chailliúnt air. Tháinig sé anuas de thuairt ar an mbord mar a raibh an teileafón. Chúlaigh na Gaill, ag screadaíl agus ag caoineadh. Rug mise greim ar phíosa de chreatlach briste na cathaoireach agus loiteas an bolgán solas leis. Sa dorchadas thugamar do na bonnachaí é, amach an doras, suas staighre an íoslaigh agus scinneamar linn ag teitheadh.

Ní cuimhin liom morán ina dhiaidh sin. Ritheas cé nach raibh rith ionam. Bhíos ar tí géilleadh nuair a chas Liam isteach i gcúl-lána dorcha. Thiteamar ar an talamh tugtha traochta, morshaothar anála orainn.

Cheapas go dtachtfaí mé: gach rud ionam ag iarraidh

teacht amach agus diabhalchlampar i mo chloigeann. Shás mo mhéara isteach i mo bhéal. Réaltóga corcra ag snámh agus ag eitilt agus ag titim i dtonntracha na farraige duibhe. Éadan ar buile agus fuil ag sní as—ag rith isteach i mo shúil. Ospidéal. Bhris grian fhuar na maidne isteach sa seomra agus léiríodh beirt ag gluaiseacht thart ar an gcistineach, leath ina gcodladh, mallacht agus méanfach ar a mbéal. Tae á réiteach, ceapairí á n-ullmhú, forbhrístí á gcornadh. Ned ag caint:

—Ní thuigim cén fath go bhfuil tú ag dul ag obair.

—Fillfidh mé abhaile ag a haon.

—Agus í féin?

—Ag a trí.

Tháinig fuacht orm. Bhí Liam lámh liom, ina shuí ar an talamh in aghaidh an fhalla. Bhí sé féin ar crith leis an bhfuacht chomh maith. Ghlanas an mhúisc de mo bhéal agus scrúdaigh mé an chréacht ar m'éadan. D'éirigh Liam go hanacrach agus shiúil uaim, na cosa ag imeacht uaidh. Cheapas go raibh sé ag dul ag mún ach ní raibh. Thit sé ó fhalla go falla ag casachtaigh. Thosaigh sé ag gol. Chuas chuige agus leagas lámh ar a ghualainn, é ag olagón ar nós páiste faoin am seo.

—'Bhriain, ní thig liom. Ní thig liom. Abair léi, impím ort, abair léi nach raibh a fhios . . .

—Cinnte, cinnte.

—Tá sí i Londain. Anseo.

—Ceart go leor. Rachamid abhaile anois . . .

—Don diabhal le dul abhaile, ar seisean idir béic agus snag caoineadh. Anois. Anois.

—Liam, ní mór dúinn dul ón áit seo.

—Níl iallach orm. Sin a dúirt sí féin. An dtuigeann tú. Níl iallach. Iallach. An dtuigeann tú?

Bhris tonn mhór olagónach as ach choinnigh leis ag siúl, greim daingean aige orm.

—Teileafón.

Bhí bosca teileafóin ag barr an lána agus mhéadaigh

ar a chaoineadh nuair a chonaic sé é. Bhí sé chomh dona faoin am seo go raibh mé féin ag gol, nach mór. Lasmuigh den bhosca leag sé a cheann ar mo ghualainn.

—An uimhir seo. Tuigeann tú? *Acorn*, Faigh Síle dom. *Acorn* 0369. Abair léi . . .

SCATOLOGY

Diarmaid Mac Dáibhéid

BHUAIL AN Ceannfort Ogbomosho speac géar i
gcoinne bhos a láimhe clé lena bhata beag. Rug sé
greim docht air agus rinne sé an fhuaim a bhá ar nós
ghabhlóg thiúnta. Chuir an t-allas snas ar a cheann maol
cuarach mar bhloc éabainn vearnaiseálta. Os a chionn
lean an gaothrán ag casadh, is ag casadh, is ag casadh,
ag cur leoithne lag tríd an seomra. Bhí na fuinneoga go
léir lán ar oscailt ach ina dhiaidh sin luigh an t-aer go
trom leis an teocht. Bhí an lá comh tirim le cailc. Stad an
Ceannfort den síorshiúl mífhoighneach agus d'oscail
doras an chuisneora aird bháin a sheas mar fhear
sneachta i gcúinne a oifige. D'fhill sé ar an mbord, d'fhág
an buidéal fuar ar barr, agus shuigh go corrthónach sa
chathaoir. D'ardaigh sé a lámh agus chonaic an smál
dorcha allais faoina ascaill. D'fhéach sé ar an gclog: 3.25
um iarnóin. Ba chóir go mbeadh sé ag glacadh scíthe
anois ach bhí sé ró-chorraithe dul a luí. Bhí imeachtaí
na deireadh seachtaine seo caite ag ionsaí a chuimhne le
luas rialta na h-anála. Bhí an ghrian ag spalpadh, an lá
ar lasadh, agus istigh ina chroí bhí luaith an díoltais ag
crándó. Theilg sé féachaint fhíochmhar faoi dhéin an
dradgháire shíoraí shochma ar bhéal an Uachtaráin agus
theannaigh a ghreim ar an mbata sa tslí gur bánaíodh
altanna a mhéara dubha. Bhí amanna ann go bhféadfadh
sé a bhróg mhór dhearg a chur tríd an bpictiúr fonóideach
sin. Níor thráthúil an t-am anois chuige, áfach.

37

Cnagadh go briosc ar an doras den tarna huair. Go tapaidh, d'ísligh sé an buidéal faoin mbord, chóirigh é féin go díreach sa chathaoir, nasc a lámha agus chuir grainc stuama ar a ghnúis a d'oir dá chéim cheannasach.

"Tar isteach!"

Ghlinn póilín óg i gculaith khaki go fáilí thar an doras isteach.

"Ah! Tú féin atá ann, Kolawole. Ekabo!"

"O, eh, ekushay, suh."

Chreathnaigh sé soicind amháin ag an doras, murlán i lámh amháin, a chlogad cosanta sa cheann eile, éiginnte.

"Féach, na caith an lá go léir ansin. Ní dealbh tú."

Phreab Kolawole agus dhún doras an tearmainn taobh thiar de de phlimp,

"Bhuel, an bhfaca tú na pleidhcí. An bhfuilid sa mbaile?"

"T. . . t. . . tá, suh. Chonaiceas an bheirt acu timpeall deich nóiméad ó shin."

"Bhfuil tú cinnte gurb iad an bheirt chéanna atá ann. Tabhair cur síos dom orthu."

Tháinig saghas loinnreach i súile Kolawole, thit a shlinneáin, bhog a chos clé amach, agus ghlan a scórnach. Bhí mar a bheadh tonn suaimhnis i ndiaidh stealladh anuas air.

"Bhí bróga dubha, léine bhuí, gearrbhríste glas, stocaí bána á gcaitheamh ag duine díobh. An duine eile . . ."

"Is leor sin! Ní sa chúirt atáid anois. Cuir uait an cur síos ar dhathanna an tuarcheatha agus inis dom an raibh féasóg ar an té ab airde díobh."

Stán Kolawole ar bhánsúile meidhreacha a bhí ag rince rothaí cairte i ngnúis dhorcha a mháistír.

"O-ho, suh. Sea, bhí féasóg ar dhuine díobh."

"Ghlac tú d'aimsir ag scaoileadh uait an nuacht sin. Bheadh sé níos éasca amhrán a bhladar ó eileafant!"

Bhí sé ar bharr a ghoib ag Kolawole a rá nach raibh

morán maitheasa ann chun amhránaíochta . . .

"Agus seas go díreach os mo chomhairse!"

Tharraing sé anáil fad a chling Kolawole a shála le chéile.

"Anois freagair mé i mbeagán focal. Cá raibh siad?

"San Halleluyah Hotel".

"An raibh siad ag taisteal ar rothair ghluaiste."

"Bhí, suh, bhí. Ceann an duine acu. Ó, bí deimhin de, is iad an bheirt chéanna a d'iarr tú orm súil a choimeád amach dóibh. Na hEorpaigh chéanna, gan dabht."

Phléasc an Ceannfort. Léim sé den chathaoir agus bhuail a bhata ina phléist ar an mbord. Thit scipéad luaithe ar an urlár.

"A fhir ghorm chruthanta, cathain a fhoghlaimeoidh tusa nach ionann i gcónaí Eorpaigh agus Bánaigh. Tá na milliúin Bánach ann nár leag cos riamh ar mhór-roinn na hEorpa, i Meiriceá, i gCeanada, sa tSín, san Astráil. Ach ar ndóigh, ní aon mhaith bheith ag caint orthu sin leatsa, nár chuala is dócha, ach faoi Ibadan nó Lagos. Eh?"

Scaird sobal go boilgearnach ar bheola an Cheannfoirt.

"Ní Eorpaigh iad in aon chor, an gcloiseann tú mé, ach Meiriceánaigh!"

Chas an ceannfort ar a shála agus mhairseáil i dtreo na fuinneoige. Níor theastaigh uaidh ligean do Kolawole an sásamh intinne a bhraith sé ag brú aníos ann agus ag doirteadh trasna a ghnúise a fheiceáil. Stán sé an fhuinneog amach ar an mbourgonvillia corcra, ag leathnú a chraobhacha is ag bagairt a dhathanna go mórálach faoi lonradh na gréine, ach scaipeadh ceo os comhair a shúile. Shnámh a chuimhne i gcoinne eas an ama, siar chuig an chéim síos ba dheireanaí a d'fhulaing sé faoi chois na mBánach. Shnámh sé níos faide siar chuig an oíche úd lasmuigh den halla damhsa sin i Wolverhampton nuair a tugadh méar sa tsúil dó as ucht lí a chraicinn. "Midnight" a tugadh air ansin, "Bag o' coal" oíche eile agus an ceann ba nimhní "Manx-monkey". Bhuel, seo moncaí

39

a bhfuil a eireaball suas i gceart aige!

Faoi dheireadh, rith sé chuige go raibh mar a bheadh duine ag breathnú thar a ghualainn ag léamh a dhialainne.

"Déanfaidh sin an chúis, Kolawole. Imigh."

Shín Dwight D. Vanderhoosen a lámh amach agus rug greim ar a ghloine a bhí leathlán de bheoir. D'fhéach sé isteach go grinn, dhorchaigh a dhreach, agus go cáiréiseach, le dhá mhéar a láimhe deise, phioc sé an chuilleog bháite as an leacht buí. Léirigh sracfhéachaint eile isteach sa bhfuílleach nach raibh puinn maitheasa ann—b'fhearr dom mún a ól—agus ghlaoigh sé ar Theophilus. Ach ní bhfuair sé freagra. De ghuth níos airde ghlaoigh sé arís. Bhraith sé te allasach; bhí gaineamhlach ina scórnach: chuir an liathróid tine gathanna uaithi gan taise. Bhí buidéal Rainbow Beer folamh faoina chathaoir.

"Theeeeeophiiiiiiiiiiiilusssssss ! ! !"

Lig sé don ainm sollúnta Bíoblach dul in éag go mall ar nós an mhacalla úd sa bhfothar sin i gColorado tráth. D'éirigh an madra seang sleamhain a bhí sínte ar an urlár ina chodladh, chúbaigh sé amach, a eireaball idir a chosa agus rith an staighre síos. Bhí méadaithe ar a dhímheas ar an gcine daonna.

Lig Dwight D. osna fhada. D'ardaigh sé an deoch, agus de shlog tapaidh, lig sé don deoch fionnuartha snaidhm tarta a scórnaigh a scaoileadh—fuílleach feithide agus eile. Shuigh sé agus bhain lán a shúl as an sraithradharc. B'fhairsing an t-amharc a bhí ó scáth vearanda an Halleluyah Hotel. Chuaigh a shúile thar na tithe dóibe cearnógacha, gona ndíonta iarainniomaireach; thar na crainn pailme a d'ardaigh a gcinn anseo is ansiúd go corrbhuaiseach: scáthanna gréine an nádúir. D'fhéach sé thar imeall an bhaile amach ar an mhachaire fada fairsing ag síneadh go bun na spéire is ag siosarnach faoi bhlaincéad buí na hiarnóna. Bhí an mhá sabhána clúdaithe le crainn choirníneacha ar nós caoirigh faoi olann. Sheas scamall bán nó dhó ar an gcrioslach gorm.

Bhain Dwight a shúile agus d'fhéach ar a chompánach téagartha caite ar an gcathaoir taobh leis. D'éalaigh srann suaimhneach óna shrón ar an aer meirbh. Leroy Courtenay; Chicago: cathair na nguaillí leathana, mar a thug Carl Sandburg uirthi tráth: b'fhíor dó. D'fhéach sé ar an tsráid shuarach thíos faoi. Ní raibh Sasanach nó fiú madra goimh le feiceáil. Níor chorraigh aon ní, seachas beirt bhan ramhra le hualaigh arda brosna ar a gcinn ag déanamh a mbealach go mall faoi dhéin an mhargaidh.

Go tobann, réab ack-ack-ack fíochmhar brat mín na hiarnóna. D'eitil éan dearg de gheit ón líne leictreachais, stad na mná margaidh, síos leis na hualaigh, stánadh tapaidh suas, timpeall, suas arís, ansin ar aghaidh leo ar sodar. Dhúisigh Leroy agus é ag gnúsachtach.

"A dhiabhail, cérbh é sin? Plimp toirní?"

"Tóg bog é, níl ann ach lucht cosanta an bhaile ag tabhairt rabhaidh d'aerfhórsa Bhiafra."

D'fhéach Leroy ar Dwight, leath a bhéal, agus ansin, faoi mar a bheadh *dime* deascaithe i sliotán a aigne, shnap sé a cheann agus scrúdaigh an spéir.

"Eh . . .?"

"Ná bí buartha, ní fheicfidh tú tada ansin, seachas, b'fhéidir, éan marbh ag titim anuas. Níl siad ach ag cleachtadh leis na gunnaí frith-aerárthaigh i gcoinne an lae úd a mbeidh an spéir dubh le Luftwaffe na ndeala-thóirí."

Chroith Leroy a cheann agus labhair go gairgeach:

"Ní foláir nó tá feabhas as cuimse tagtha ar aerfhórsa Bhiafra más ea. An uair dheireanach a chuala mise trácht orthu bhíodar ag teilgean cnónna anuas ó sciatháin iolar."

"Agus ag caitheamh oráistí aníos ón talamh."

Lig Leroy dá mheáchan toirtiúil titim ar ais sa chathaoir, gur cuireadh bolg amach ar chúl. Bhí a neart ina leathfhocal i measc na Peace Corps eile: deirtí ina thaobh go raibh muscail ar a mhún. Ghin sé tón ar-nós-cumá-liom ina ghuth:

"Beidh orthu ár ndeontas contúirte a ardú de dheascadh sinn a bheith i raon scaoileadh urchair anois."

Scréach an gunna dofheicthe ack-ack-ack géar, gasta arís.

Ghlan an gunna pé réama a bhí ina scornach. Níor cloiseadh gíog a thuilleadh uaidh an tráthnóna sin. Bhí a mhuscail míleata lúbtha ag Ojo.

Thuirling an ciúnas arís agus socraíodh gach uile ní ar nós clár fichille tar éis bhabhta imeartha. Mhéaraigh Dwight tríd an imleabhar ba dheireanaí de "Time" a sheoltaí chuig baill den Peace Corps gach seachtain—le dea-mhéin Uncail Sam. Chaith sé uaidh é sar i bhfad: b'fhearr go mór leis da seolfaí cóip de "Play-Boy" in aghaidh na seachtaine—le dea-mhéin Hugh Heffner. D'amharc sé ar Leroy a bhí ag iarraidh é féin a shocrú go teolaí.

"Meas tú céard tá á dhéanamh ag ar gcara i láthair na huaire? An bhfaca tú riamh ach an fhearg a bhí air an oíche sin?"

D'oscail Leroy súil amháin agus d'ardaigh a cheann go réidh ar nós hippopotamus ón uisce.

"Déarfainn go bhfuil sé ag cur faobhar ar a *mhatchait* faoi réir ar scornaigh a ghearradh."

"Ar thúg tú faoi deara an fhéachaint a tháinig ina shúile nuair a dúirt mé leis dul ag coilleadh míoltóga?"

"An bhfaca? Nach shin é an rud a chuir tromluí orm le cúpla oíche anuas?"

"Bhí an t-ádh le Sue gur thángamar in am."

Cheartaigh Leroy é:

"Le Sue agus Abigail!"

"Ar ndóigh."

"Caithfidh mé bualadh isteach chuig Sue féachaint ar

tháinig mo dhuine ar a tóir arís. Ar chuma eigin ní dóigh liom gur gur tháinig."

"N'fheadar cé hé féin, in aon chor? Ní foláir nó gur boc mór atá ann nó ní bheadh sé ag gabháil timpeall ina Pheugot 404. Mac tabhartha leis an Emir nó duine den choiste a bunaíodh le gairid anseo sa mbaile—Committee for the Advancement of Better Relations between the Different Races within the context of Ojo in particular and of the Fedral Republic of Nigeria in general. 'A chathaoirligh, tosóidh mise láithreach leis na mná bána' arsa seisean, ag plabadh an dorais ina dhiaidh."

"Bhuel seans go mbuailfimid leis ag an damhsa anocht, —má bhíonn an mí-ádh orainn."

D'éirigh Dwight agus ghluais trasna an vearanda chuig fógra fada feiceálach. Ghíosc na cláracha faoina bhuataisí móra dubha.

Léigh sé amach go fónóideach:

"The Ojo branch of the Nigerian Red Cross take very famous pleasure in presenting tonite at the Halleluyah Hotel in Aid of the Troop Comfort Fund straight from his world-shattering tour of Ghana—Mr. Music himself—Jolly Boy Obesity and his All Star Fancy Pants ! ! ! Come one, come all, help our soldiers when they fall!"

Lig Leroy gáir gliondrach as, léim den chathaoir agus dhein aithris ar dhuine ag seinm trumpa: "Blah-blah-blah-boom-blah-blah."

Dheineadh Dwight ionadh i gcónaí de na leabhair a roghnaíodh lucht foghlamtha na háite as an leabharlann. Bhí an bourgeois ag teacht chun cinn. an mheán-aicme úd a bhí ina fás-aon-oíche: múinteoirí, cléirigh, oifigigh bainc, lucht gnó, fir nach raibh ar chumas a dtuismitheoírí ach rian ordóige a chur ar phár mar shíniú, a bhí anois ar a seacht ndícheall ag iarraidh an G.C.E. nó gairm chuig Ollscoil a shaothrú. Bhí cruóg ar an Nígéir. Ní fhéadfadh aon chur amach a bheith ag na léitheóirí dáiríre, díograiseacha seo ar ábhair comh neamh-phraiticiúil le húrscéalta Graham Green nó dánta de chuid Eliot fad is a bhí "Aspects of Soil Erosion in West Africa", céim ar dhréimire an fhoráis, le léamh. Dá thoradh, sheas na leabhair "ealaíne" ar na seilfeanna ag feitheamh go foighneach le breacadh an Chultúir. Bhí saint chun dul-ar-aghaidh iontu: saint dháiríre, frith-mhagúil. Shamhlaigh Dwight an leabharlann le garraí: an lucht oibre cromtha le teann ocrais intinne ag baint na bhfataí, agus cheal ama, gan deis acu a súile a ardú chun na mbláthanna ildaite, ar gach uile thaobh díobh. Ní raibh ré na léitheoireachta "gan dua gan dualgas" tagtha.

B'ait le Dwight freisin suíomh na leabharlainne: cois margaidh, áit a raibh na céadta aineolaithe plódaithe go glórach; na beithígh, na stainníní éadaigh, tranglam barraí, yamanna, torthaí, slánlusanna, glasraí, lumpairne is lampairne, agus thar aon ní eile, an cacamas—an boladh bréan síoraí a d'ionsaíodh an tsrón chomh fealltach sin.

Isteach leis san áras dorcha léinn, gan ar intinn aige ach greadadh isteach is amach go gasta, agus ansin bualadh síos tigh Sue agus Abigail, an bheirt chailín Peace Corps a bhí ag cur fúthu achar gearr ón margadh i dteach láibe. Chuir siad suas d'áit chonaithe níos galánta ar fhaitíos nach mbeadh siad ag teacht leis an rud ar thug lámhleabhar an Peace Corps "ionannú dúchais" air.

Coiseadh an tarna turas do Dwight áfach. Bhí sé ag fanacht ag an gcuntar lena thicéad, nuair a chuala sé canúint righin thámáilte Alabama ag snámh chuige. Chas sé timpeall agus chonaic sé beirt bhan gheala taobh thiar den seilf ard ar chlé. Mar ba dhual bhí Sue agus Abigail ag tóraíocht téacsanna antraipeolaíocha d'fhonn a n-aidhm mar "Páistí an Chinnéidigh" a chur chun cinn agus "an Tóirse Tuisceanna" a adhaint níos gile. Go háirithe, Sue: ba léi an chanúint Alabamach agus, ar

ndóigh, bhí fás uaibhreach na cinedheighilte le teascadh
dá crann ginealaigh aici.

"Bhuel, bhuel, féach cé tá againne anseo: Frankie agus
Jonnie féin."

Ansin, ag casadh ar Abigail, go stroiliúsach:

"Cloisim go bhfuil tusa ag iompar, nó rud éigin,
Abigail?"

Bhí ráfla ann go raibh Abigail ag lorg aistriú go
tuaisceart na tíre toisc nár réitigh taise an deiscirt léi.

Stán Abigail air, leath a béal, dheargaigh a haghaidh,
agus thosaigh a srón biorrach ag crith.

Sciorr Sue isteach!

"Ná bac le Dwight, Abigail. Ciallaíonn sé an t-aistriú
a bheas le fáil agat ó thuaidh. Nach féidir leatsa labhairt
go díreach, Vanderhoosen?"

Bhí dreach trom, údarásach nuachtáin laethúil ar
Abigail; cuma chainteach phearsanta thréimhseacháin
ar Sue.

Bhuail aiféala Dwight de dheasca an iarraidh sin faoi
Abigail, amhail is dá mba ag cabaireacht le Leroy fúithi
a bhí sé. Le fada an lá anois bhí sí ina ceap magaidh
eatarthu beirt as ucht a díreachais—srón dhíreach,
gruaig dhíreach, cosa díreacha, ucht díreach, freagraí
díreacha. Leroy is túisce a tharraingíodh ainm Abigail
anuas nuair a thagadh fonn díspeagtha air, is é sin, níos
minicí ná a mhalairt, agus bhí díomá ar Dwight gur lig
sé do dhearcadh Leroy dul i gcion air. Mar d'aithin sé,
nó shíl sé gur aithin, go raibh siúcra neamhleáite i
gcaifé a pearsantachta, nach ndéanfaí a chorraí go
ndíbreodh sí íomhá a sróna fada as a haigne. Chuir sé
cuma leithscéalach ar a chuid cainte.

"Is fíor an scéal é, más ea? Cá háit go díreach a bheas
tú ag dul, Abigail?"

"Feicim go bhfuil fuadar fút mé a bhrostú chun
bóthair."

"Anois, ná tóg mar sin é." Ansin go neamhchúiseach:

"Ar a laghad, ní bheidh an radaire gorm úd na deireadh seachtaine ag cur isteach ort. Cé hé féin?"

"Tomhais"

Bhí íoróin éigin i nguth Sue a chuir Dwight ar a mhíshuaimhneas.

Go neamhchorrbhuaiseach: "Nat Turner Junior, seans, nó Jack Johnson a Dó?"

"Ceannfort na bpóilíní!"

Rinneadh stangaire de: chuir lámh faoina smig, lámh eile faoina a ascaill, agus scaoil fead fada iontais. Níor labhair sé go ceann tamaillín.

"Dáiríre atá sibh?"

"Ár mbuachaill aimsire, Joel, a d'inis dúinn. Chonaic sé tú féin agus Leroy ag tabhairt an dorais dó. B'fhéidir go mb'fhearr duitse ceadúnas a cheannach do do rothar gluaiste!"

Torann rithimiúil na ndrumaí, ag éirí seal is ag ísliú seal, ag brostú is ag moilliú, ag preabadh ina chuisle a chuir Dwight ag machnamh ar a shaol go nuige seo mar chomhairleoir talamhaíochta sa Nígéir. B'ait leis faoi mar a chuaigh meanma na hAfraice i gcionn air le himeacht aimsire. Eisean is túisce a d'admhódh nár tháinig sé chuici i dtosach ach chun glaoch chun seirbhíse a sheachaint. Ní hé go raibh scrupall air—ba mhaith uaidh polltóg a thabhairt d'aon fhear a shuífeadh ina bhun—ach beag an baol go ligfeadh sé do chonúis na polaitíochta teacht i dtír ar a chual cnámh siúd chun go mbeadh ar a gcumas boinn óir a chrochadh ar bhrollaigh scaifte ginearál stománach. Mar a dúirt Leroy: "An taon ní amháin a mheallfadh mise chuig Vietnam ná na striapaigh." Bhain Dwight D. Vanderhoosen brí eile as an saol seachas mar bhain an Pentagon nó a athair féin.

Tírghráthóir den chéad scoth ab ea athair Dwight. New Amsterdam ab ea a sheanathair, Eric, nuair a leag seisean a chos dhearóil ar chósta na Stát. New York ab

46

ea a mhac, siúd, athair Dwight, ag fagáil na Stát deich mbliana is fiche dar gcionn chun dul ag troid faoi bhrat Uncail Sam sa Dara Cogadh Domhanda. É ina fhear saibhir. Ghlac sé páirt in ionsaí Iowa Jima agus mar chomhartha onóra agus buíochais don Oileán Úr rinne sé cuimhneachán beo míleata dá thriúr mac: Douglas McArthur Vanderhoosen, George Patton Vanderhoosen agus Dwight D. Vanderhoosen. Ní róshásta a bhí sé nuair a chuaigh Dwight sa Peace Corps: níor comhfhreagraíodar lena chéile ó shroich an mac an Nigéir ocht mí roimhe sin. B'shin snaidhm nár fhéad Dwight a scaoileadh: ar thaobh na láimhe deise bhí a athair ag cur ina leith gur ag cur tuairimí i gcloigne na ngormach agus gunnaí ina lámha a bhí sé: ar thaobh na láimhe clé an colúnaí histéireach úd san *Nigerian Truth* ag nochtadh fianaise úire in aghaidh na seachtaine gur gníomhairí an C.I.A. a bhí iontu. Ní raibh uaidh féin ach na cosa a thabhairt leis. Bheith ina fhear inste scéil.

Agus anois an mí-ádh eile seo a bhí ag cur duaircis air ó casadh Sue is Abigail dó. Bhí an conús úd de Cheannfort sách údarásach le hachrann a tharraingt a dhéanfadh ciseach dá shaol socair.

Béic ó Leroy a bhíog é.

Bhí gloine beorach i lámh Leroy agus b'fhurasta aithint fiú sa chlapsholas, go raibh sé bogtha. D'fhág sé a chathaoir agus chuaigh an bheirt acu ag bordáil idir na táblaí gur shroich siad an bord ag a raibh an beirt bhan ghorma.

"Bhuel, a chailíní,—(ní fhéadfadh an daichead a bheith curtha díobh acu)—seo é mo chara a raibh sibh ag tnúth leis chomh mór sin. Dwight, Comfort, Dolly, Dwight."

Shuigh Dwight chun boird agus fad is a bhí Leroy imithe ar thóir na dí bhí deis aige gabháil na hoíche a ghéariniúchadh. Níorbh aon iontas leis a thapúla is a éiríodh le Leroy na héisc a mhealladh chun mogaill.

"Nuair is ag dul i mbun gnóthaí tábhachtacha atáim" a

deireadh sé, "níl Speedy Gonzalez féin i ngiorracht scread asail dom." Leagadh an stail béim ar an meafar deireanach trí dreas den Donkey Serenade a shrannadh. Níor mhór dó gaisce na hoíche a thréaslú leis.

"Seo, a chailíní, bíodh toitín agaibh—ceann an duine." Sciob siad—ceann an duine—chucu iad agus leanadar leo ag scigireacht agus iad ag roinnt claonfhéachaintí baineanna ar a chéile. Scrúdaigh sé na beola séite donna a bhí smeartha le béaldath dearg agus rith caint Leroy chuige: subh dearg ar arán donn.

"Taaannck youuuu, Dwattte", arsa an ceann cíocach i gcanúint chrochta, a bhí cloiste aici gan dabht ar an B.B.C. World Service. Thaitin neamhfhoirmiúlacht an "Dwate" leis, agus shíl sé go raibh tús maith ar an oíche. N'fheadar sé cé acu den bheirt a raibh comhartha cluaise ag Leroy uirthi. N'fheadar an seasfadh an Newton 225 faoi mheáchan an chinn chorcra—arbh ise Comfort?

Bhí gach bairseach, bodach is buachaill báire a raibh na deich scilling aige, i láthair. Torman síoraí na ndrumaí, liú an trumpa, caoineadh na ngiotár Hawaii, Jolly Boy Obesity ar mire le saothar an cheoil. Ghráig an t-amhranaí:

"Eme oluwa ebun olorun
Jowo ba wo baú-o, ba na."

Bhí an clós beag ar chúl an Halleluyah plódaithe. Sa meathsholas bhí soilse beaga dearga ag spréacharnaigh go ceansaithe ar nós cuan saoire um shamhradh. Róbaí sraoilleacha na háite is mó a bhí á gcaitheamh ag lucht an damhsa ach anseo is ansiúd búi cultacha Eorpacha na fichiú aoise ar roinnt den uaisleacht nua bíodh is go raibh siad bliain nó dhó as faisean. Spéaclaí dubha á gcaitheamh ag go leor acu. Ba é teoiric Leroy go gcaitheadh siad iad go fiú sa leaba.

De réir mar slogadh an t-ól is mó a d'ardaigh an callán cabaireachta is ceoil; sa dorchacht bhí liathróidí sneachta á dteilgean go spleodrach as súile is fiacla na ngormach gealgháireacha. D'fhéach Dwight ar an mana a bhí ar crocadh ó bhalla go balla: "To keep Nigeria one is a task that must be done."

Bhí Comfort faoi seo ar nós capaill ar sodar agus a bréagfholt—"wog-wig" mar a dúirt Leroy—i riocht titime. Níor smaoinigh Dwight ar an gCeannfort a thuilleadh; lig sé Sue i ndearmad. Ní raibh aon Bhánaigh eile i láthair, ar ndóigh, agus níor tugadh aon aird orthu beirt. Bhí muintir na háite ró-chleachta le geáitsí an Peace Corps um an dtaca seo. . . .

Chuir an Ceannfort Ogbomosho an glacadán síos agus stailc go huaibhreach chun na fuinneoige. Bhí bior ar a chluais aige do chaoince ceoil na Fancy Pants.

D'fhág an ceathrar roimh bhánú an lae mar bhí tríocha míle slí idir iad agus ceann scríbe go fóill. Shocraigh Leroy ar Comfort a thabhairt ar cúlaibh agus fág-adh Dolly faoi Dwight. Threoraigh sé a Newton 225 trí na cúlsráideanna faoi mar a bheadh sé ag tiomáint ar uibheacha. B'éigean dó scinneadh go tobann corruair d'fhonn na gabhair agus na caoirigh a sheachaint. D'fháisc sé na putóga as madra marbh agus baineadh eascaine mhillteach as Leroy ar chúl. B'shin mar a thiomáineadh siad i gcónaí: Dwight chun tosaigh agus Leroy ar na sála aige, de bharr a lag-shoilse tosaigh seisean. Shroicheadar an margadh agus bhain Dwight an buinneán mar chomhartha go raibh sé ag bualadh díreach ar aghaidh is ag déanamh neamhshuim den chóras aontreo. Bhí an cuirfiú i bhfeidhm, an baile ina luí, agus níor taise do na póilíní ach oiread. Anseo is ansiúd gheal bleibín lom chucu ó dhuibheagán na hoíche. In achar gearr bhí Ojo curtha díobh agus an bóthar ó thuaidh go Mbongo buailte acu.

Ar aghaidh leo ag longadán ar an mbóthar rocach. Leag an oíche a lámh fhuar ar leicne Dwight. Is gearr

gur slogadh meirbheadas allasach an lae isteach i
nduibhlinn fhionnuar na hoíche. Ag gabháil thar dhroi-
chead dóibh ghliogair púróg i bpíobáin na dtarbhlascán
sa riasc. Théaltaigh na crainn pailme taibhsiúla go
formhothaithe le sleasaibh an bhóthair amhail saighdiúirí
diamhaire ar a mbealach chun catha. Áit eigin sa mhodar-
dhorchacht lig éan corr screach díoscánach go fónóid-
each ó ghairbhéal a ghoib. D'fháise Dolly ar bholg Dwight
agus thug a shamhlaíocht léim tríocha míle ar aghaidh
go seomra codlata teolaí in Mbongo.

I dtús báire, shíl sé gur taibhse a bhí ann. Ní fhéadfadh
Emmanuel a bheith ina dhúiseacht um an dtaca seo den
oíche, ceann-le-hadhairt críochnaithe é Emmanuel, an
póilín a bhí i mbun an bhloc bhóthair ó thuaidh go
Mbongo. Cuireadh an bloc suas i dtús an chogaidh ach
de réir mar chúlaigh dainséar na mBiafrach laghdaíodh
ar thochas faire lucht consanta. I rith an lae, ceart go
leor, bhailítí raidhse breabanna ó na feithiclí éagsúla:
"no money, no pass". Bhí sean-aithne acu ar Emmanuel,
agus cé go raibh pas ag teastáil chun gabháil tríd an
mbloc tráth an chuirfiú, níorbh aon constaic é sin nach
bhféadfadh cúpla scilling a shárú. Mhoilligh sé go réidh
agus stop sé taobh le Emmanuel.

"Stad! Stad! Cá bhfuil sibh ag dul an tráth seo d'oíche,
Oeebo?"

Chonaic Dwight loinnir nimhneach nár ghnách i súile
an tseanphóilín. Thar aon ní eile, chuir an focal Yorubach
ar dhuine geal—"Oeebo"—ionadh air. Go tarcaisneach
a deirtí é sin riamh.

"Stad! Stad!"

Le Leroy a bhí sé ag beicíl anois agus an solas á
stealladh ar a eadán siúd aige.

"Féach, Emmanuel, tóg bog é, tá aithne againne ar a
chéile. Seo é Leroy, mise Dwight. Tuigeann tú, is . . ."

"Cá bhfuil bhur bpasanna? An bhfuil bhur bpasanna
agaibh? Taispeáin dom iad!"

D'fhéach Dwight ar Leroy agus chuir dronn ar a shlinneáin le hiontas. Leath meangadh ar a bhéalsan.

"Éist anseo, Emmanuel, níl a fhios agamsa cén nathair nimhe a chuir gath ionatsa inniu ach caithfimidne ár gcairde anseo"—shin sé méar i dtreo na beirte striapach a bhí tuirlingthe de na róthair—"a bhreith abhaile linn. Tá siad ina gcónaí amuigh in Mbongo agus tá sé pas beag deireanach don galamaisíocht seo agatsa. Féach, seo duit nóta cúig scilling agus cuir suas do thóin é más maith leat, agus, anois, muran miste leat . . ."

"Nóta cúig scilling! Níor iarr mise nóta cúig scilling ort! Pasanna! Taispeáin dom bhur bpasanna!" Bhí dhá chnapshúil air le teann díocais.

Chuimil Leroy a fhéasóg agus d'fhéach ar Dwight. Aon néal meisciúil a bhí orthu glanadh anois é. Ar dóigh éigin, cé gur chinn ar Dwight é a dhéanamh amach baileach, bhraith sé cur i gcéill éigin ar chuthach Emmanuel. B'ait leis an chulaith a bheith chomh cóirithe sin air agus an tsracfhéachaint imníoch úd thar a ghualainn i dtreo an bhotháin stáin. Bhí lúb ar lár sa scéal, áit éigin. Chrom éan sa bhfásra ag magadh fúthu le grágaíl fhonóideach. "Emmanuel . . ."

"Ná tabhair 'Emmanuel' ormsa, Oeebo!"

Bhrúcht taom feirge aníos scrogall Leroy. Ní raibh an fhonn fillte go Ojo air. Sheas sé os comhair an phóilín go stuaiceach agus stán sna súile air:

"Maith go leor a dhuine uasail, más áil leat na pasanna d'fháil chomh géar sin seo chugat iad."

Chas sé ar Dwight.

"Faigh ceann de na buidéil Rainbow sa mhála."

Chrom Dwight ar a mhála oscailt. Bhuail guth grod croí an chomhluadair de thuairt.

"Ní dhéanfainn é sin—Oeebo!..

Fáisceadh fad fonóideach as an bhfocal.

"Gearrtar pionós trom ar aon duine a fhéachann le cúrsa an dlí a chlaonadh."

Stad Dwight agus stán i dtreo an tsonda i ndoras an bhotháin. Níor aithin sé é gur labhair Leroy.

"An Ceannfort! ! "

Ba mhór idir róbanna sraoilleacha ildaite na háite agus an chulaith néata oifigiúil.

"B'fhéidir go mb'fhearr dúinn filleadh ar an stáisiún a chairde le haghaidh babhta ceistiúcháin."

Ag dul isteach sa ghluaisteán do Dwight bhuail scigiríl na striapach agus barúil Leroy é d'aon iarraidh amháin:

"Scatology!"

AMUIGH

MÍCHEÁL Ó hUANACHÁIN

As féinaithne, ar deireadh, a eascrann scoilteadh na cealla.

—AGUS Liam Mac an Iomaire á léamh.

Vietnam . . .

Bhí sé ag tiomáint fós, ba dhóigh.

Sea, ribín dúshíoda an bhóthair ag glioscarnach roimhe isteach sa dorchacht; guth aon-nóta an raidió ar a láimh chlé. Mhúch sé é. Ar an dara smaoineamh d'aistrigh sé go ceann de na stáisiúin bhradacha é.

—derful Radio London!!

Ceol tapaidh, rithim ghnéasúil chlagarnach na ndrumaí i dtiúin le clagarnach éigin laistigh dá bhlaosc. Chuir sé lámh chreathach ar an suíochán taobh leis agus rug greim ar an mbuidéal. D'ól bolagam maith as. Chuaigh carr thairis, dhá charr, trí cinn: fuaim na rothaí mar sracadh síoda ar an tarra fliuch.

—pepsi generation.

Damnú. An buidéal folamh. Ámharach go leor, an tábhairne taobh an bhóthair. WI ES & SPIRIT : Select Bar. Licensed to deal in wines, spirits and tobacco, M. O'Kennedy Prop. Taca na teanga, let the language.

"Fuisce. Ní hea, ceann mór."

Tháinig sé: óladh é, agus ceann eile. "Cén áit é seo?.'

"Baile Sheáin."

"Which Bloody Johnstown?"

Cailleadh a freagra air. Shuigh sé agus d'ól arís. An diabhal brionglóid sin ar ais chuige—na fir ina suí thart timpeall ar thine oscailte, a scáileanna ábhalmhóra á gcaitheamh ar an bhfalla ag an solas lonrach léimneach. An comhrá eatarthu ag bualadh sa chluais air mar a bheadh spréachadh beag fírinne tríd an rámhaillí smaointe aige. Túr Babéil agus eolas . . .

—esse est percipi.

—mura bhfuil "ann" nó "as", eisean nó neamheisean, cad faoi devenir, teacht sa láthair?

—ní cóir dúile a iolrú thar mar is gá.

"Dún do chlab, Liam. Tabhair fuisce eile chugam, le do thoil. Bhfuil teilifíseán agaibh? An gcuirfeá ar siúl é le do thoil?"

—we define immediate experiences and mediate percepts and concepts.

—ní thagann an réaltacht i gceist: níl de réaltacht ann ach muid féin, mé féin.

—cogito, ergo sum.

—ní hea, tá an deacracht chéanna i gceist ansin is atá leis an diabhal esse agus percipi a bhí againn ó chianaibh. Táimid ag dul i dtreo an ding-an-sich, nach bhfuil, agus beidh orainn é sin a shéanadh.

—séanadh an séanadh atá romhainn . . .

Iomarcach, iomarcach. Cheannaigh sé leathbhuidéal agus d'imigh leis. WI ES & SPIRIT. Carr, gluaiseacht. Agus ar ndóigh an raidio. Pop-cheol, non; di-daighdl-di-dum, non. Aha, Mozart. Eine kleine stundesmusik. Moment, bitte. Sin é anois. An é sin an focal ar ontological ding-an-sichlichkeit? cuma. Na soilse á n-ísliú ina threosan de réir a chéile, agus á n-ardú ag dul thairis. Deas uathu an chúirtéis. Fuisce maith é seo, ach go háirithe. Bushmills? Bushmills, níor tháinig an cineál sin an bealach roimhe seo. Ach tá sé go maith. An-mhaith go deo. Sleamhnú síos an scornach go teolaí. Deoch go leith: is fearrde thú fuisce—le caoinchead J. Arthur Mac

Aonghusa nó duine éigin mar aon lena chuid teo. Tá sé tuillte agat. One for the road (may be One for the Grave, L. Mac Neice, Prop.). Gach córas "go". Chocks away. 5 . . 4 . . 3 . . 2 . . 1 . . Cá háit anois—an chathair an ea? Cén chathair? Urbi et orbi. Civis civitatis Dei. Mo ghreidhin thú, an drochfhocal i gcónaí ar do bhéal agat. A rose-red city, half as old as rime. Solas tarraingteach ag taobh an bhóthair. The Blue Cock, ballads 8.45 p.m.—Anocht: LUDLOWS, Press Gang, "Pecker" Dunne.

Ceann tapaidh, deoch an dorais (agus an mhuir inár dtimpeall, is dóigh). Ní hea, ambaiste, ach plaisir d'amour. An gcreidfeá é, i measc na mbugar beaga—an hugar mbugar. Ha! Rud beag cultúir i ndeireadh báire againn b'fhéidir.

'Bhfuil Bushmills agaibh?"

—ne dure qu'un moment . . .

"Ceann mór, le do thoil."

—toute la vie.

"Ceann eile. Bíonn a leithéid seo gach oíche agaibh?"

xss.

" ?"

—

"Ó, tuigim. Ní bhíonn gá leis ag an deireadh seachtaine nuair a bhíonn an saol Fódhla agus a mháthair ag éirí meidhreach anseo. Mise, anois, is rud lán-aimseartha agam é, an mheisce. Ní raibh mé sóbrálta le—cén lá é seo?"

Ní raibh sé ag éisteacht. Ní raibh maith bheith leis, gona chuid vodkas agus martinis (dry mar is dual) agus na pints is faiseanta. Lasciate ogni speranza, voi chentrate; amhail is dá mbeadh dóchas ar bith agam lena

55

chaitheamh uaim. Ach tá sé loighciúil: diabhaloighic ag teacht sa treo, murar mór an breall atá orm "1, is fearr le craobhacha é; 2, géilleadh an t-ionsaí is fearr; 3, níl paradox gan úsáid; 4, is leor geáitse de ghnáth; 5, tá an tríú rogha ann; 6, dá airde sea is teirce'. Eolaíocht na geilte: agus botún Descartes—ní ionann réasúnú soiléir agus réasúnú ceart. Ní fiú a leanúint. Lasciate an diabhal rud ann. Ha! palpable, mar bhuille scoir. Amach, amach i ndorchacht na hoíche mar a raibh an mótar ag cogarnaíl leis féin, agus an raidio ag stealladh Mozart. Ach fan:—

—di Vincenzo Bellini, opera "Norma", aria "Casta Diva", soprano Maria Callas, orchestra é choro della Scala di Milano, diretta di Tullio Serafin.

In ard a chomhlaí agus a challaire. Chun siúil arís trí thollán an ghráin, féin-ghráin, agus an buidéal gan a bheith i bhfad óna bhéal an chuid is mó den am. Tamall, tamall eile. Sleamhaine an ribín bóthair agus na soilse timthriallta; clagarnach a chinn, an plabadh bog sochloiste a dhéanann praiseach d'aon smaoineamh ciallmhar. Glún na teanga in medias res. No bloody Jacksonville; ceangailte le coincheap an neamheisean, per omnia saecula porcorum. Agus gurb amhlaidh duit. WI ES & SPIRIT . Mo ghreidhin iad, mo cheol iad, mo shaol iad.

—Italian Radio. The time is one o'clock, here is a short newsburst in English . . . Bhain sin stad as.

II

Am eile, áit eile. Níos deireanaí. Ceann de na hóstlanna iomadúla sin ina ndíoltar deoch go dtagann an lá nó go n-imíonn an meisceoir is tréine goile, cibé acu is túisce. Aisteach mar a thaithíonn na daoine céanna na háiteanna seo go léir, amhail is dá mbeadh dé-ionadas i gceist. Agus an chaint, a Dhia mhóir! Clichéanna, stríopachas comhrá, féin-truailliú i bhfocail. Ach tá siad cliste, ar bhealaí, agus mar sin féin ní thuigeann siad.

—an bhfaca tú rud nua Sheáin?

—sea, a chroí, a leithéid de thruflais! ní fhaca mé a leithéid ó bhí mé sa téatar sin i Londain, cén t-ainm sin a bhí air anois . . .

—bhuel bhuel, a Sheáin, buail fút a chara, cad a ólfaidh tú, gin-and-tonic nach ea?

—bhí muid díreach ag plé do dhráma nua, a Sheáin.

—sea, caithfidh mé é a thréaslú duit, a chroí.

—tá sé chomh domhain le rud, ar ndóigh, a thaisce: bhí an dearg-ádh leat Liam a fháil mar léiritheoir, agus na haisteoirí gleoite sin . . .

—dáiríre, Sally?

Go cúthaileach, an bobarún; go creidmheach, an breaslún bocht. Ní féidir gur dearmad leis an bhitseáil cheannan chéanna a chloisteáil cheana, agus an t-athrú ceoil, an volte-face, nuair a tháinig údar an nóiméid sa láthair. "dáiríre, Sally?" ambaiste! Cromfaidh siad go léir ar dhuine éigin eile a cháineadh anois. Duine éigin nach bhfuil sa láthair. Na bastaird féileacáin, gach mac máthar acu. Damnú.

"Damnú".

Sea, a dhuine uasail?

Bhí sé ráite os ard aige, ba dhóigh. An tráth sin nach ró-léir do dhuine an ina dhúiseacht nó ina thromchodladh dó, an ina steillebheatha nó ina chloigeann do na daoine, an ina bhlaosc ataithe clagarnúil ón ina cheartchomhrá don chaint a chloiseann sé.

"Ó, Bushmills mór eile más ea, is dóigh".

Anois, a dhuine uasail, mo thuairim go bhfuil do dhóthain agat. Ní dóigh liom gur cóir dúinn a thuilleadh . . .

Maise, go dtachta an diabhal é féin agus a chuid custaiméirí brocacha pseudothéatair. Mura bhfaighidh mé deoch anseo gheobhaidh mé in áit éigin eile é.

—cé hé an boc drochmhúinte sin, a Shearlais?

—bhuel, go deimhin, Sally, ní linne é, cibé ar bith,

—(gártha).

Seo, a dhuine uasail, tá sé chomh maith agat imeacht anois agus gan clampar a thógáil.

"Chun an diabhail leis, táim ag imeacht. Donas orthu mar dhaoine, más féidir a leithéid a thabhairt orthu."

Féileacáin. Róbait.

RÓBAT (*Seic.*, robota, *saothrú, gníomhú*), (*i dtús*) *inneall i bhfoirm duine; inneall a ghníomhaíonn ar bhealach daonna;* (*anois*) *inneall i bhfoirm duine, a bhfuil a ghníomhréim á stiúradh ag "inchinn"— mionáireoir inmheánach clár-riartha leictreonach;* (*go fíortha*) *duine brúidiúil inneall-éifeachtach gan mhothúcháin; automaton dochorraithe. Céad-úsáideadh an focal i ndráma Karl Capek,* "*R.U.R.*".

("*Rossums' Universal Robots*"), 1921.—*posaitreonach* (*i leaba leictreonach*) *aige; faoi réir ag* Trí Rialacha na Róbaitíochta (*a mbuíochas don Dr. I. Asimov*);

1. *Ní ghortóidh róbat duine ná ní cheadóidh sé, trí fhaillí, dochar a dhéanamh do dhuine.*

2. *Géillfidh róbat d'ordaithe daoine, ach sa chás go dtrasnaíonn na horduithe sin an Chéad Riail.*

3. *Caomhnóidh róbat a eisean féin, ach sa chás go dtrasnaíonn an chaomhnú sin an Chéad nó an Dara Riail.*

É go léir i gcaitheamh nano-shoicind, leath níolas. Agus é a stóradh amhlaidh? Miocraspota a chódadh ina mhion-nóta ardmhinicíochta ar théip adhmainteach. Mar sin de; agus araile. Nach raibh rud éigin faoi fheithidí beaga agus feithidí níos lú? Tá scéal ansin áit éigin. Caithfidh mé é lorg lá de na laethanta seo. Deoch ar dtús, áfach; is túisce. Amárach féadfad díriú ar an scéalaíocht, má tá amárach ar bith fágtha agam. Aisteach mar a chailleann duine a chuid laethanta arna mhárach, fad a thaistealaíonn sé ar an traein go hIfreann. Cad chuige an gheamaireacht ar fad, cibé scéal é? Bhfuil deireadh leis an bplota, mhaireadar sona sásta ina dhiaidh sin? Nó an mar seo go deo é, lá i ndiaidh lae go dtiteann an ghruaig asat, agus faoi dheoidh na hingne is na fiacla chomh maith, go mbíonn an chabhail bheag chraplaithe sin agat ina suí go cluthar cois tine, ag bogadaigh go leath-rithimeach is ag crónán gan tiúin di féin, í fós ag tnúth leis an amárach sin is gráin léi.

—hush li'l baby, don' you cry:

you know your Mammy's goin' to die—all my trials, Lord, soon be over.

Anois ó smaoiním air, tá an leathbhuidéal sa charr, más féidir liom é aimsiú. Cos, cos eile; céim, céim eile. Timpeall an chúinne (cúinne?) agus sin é é. Teach Bhillí agus a chuid plonk diabhalta álainn alcólach. Ní chaithfeadh seisean Dylan nó Breandán amach dá dhonacht iad to dtí 0400 h., nó ina dhiaidh. Má tá an dea-ghiúmar air féin ólfaidh sé deoch liom ina dhiaidh sin fiú. Ní fada ina dhiaidh sin an seacht agus is féidir liom dul ag an Margadh agus an áit sin a thaithínn sna sean-laethanta— á, laethanta ár n-óige, nár laga Dia iad.

—ní féidir tomadh san aon abhainn faoi dhó. Hypotheses non fingo, mar a dúirt Newton, agus ní dóigh liom gur cóir an foshuíomh sin a shárú.

—tá ár seasamh againn ar Phrionsabal an Fhíoraithe, más ea? Céard táimid ag fíorú?

—gach tairiscint bheith, i gcuid de a priori, i gcuid eile turgnamhach; go ngníomhaíonn an inchinn i bhfad níos doimhne san aitheantas céadfaíoch, ar leibhéal an riartha, ná a síleadh roimhe seo sa dóigh nach ann don peircheap gan coincheap, ná d'aireachtáil gan léiriú (ciallú); aontacht an fhéin gan bheith ina shubstaint shimplí dhoathraithe, ach é bheith le fáil in aontas gníomhaíoch an eispéiris; an féin aithneach agus a chuid oibiachta bheith chomhshnaidhmthe sa dóigh nach ann don féin gan oibiacht(a) ná d'oibiacht(a) gan féin aithneach.

—"whereof one cannot speak, thereof one must be silent". furthermore, it is written: "solipsism . . . is logically irrefutable but intrinsically absurd. Moreover,

. . it is obviously true."

Agus ní aon chabhair é má leanaimid sraith na cúisíochta siar go dtí cúis na gcúiseanna, an Chéad Chúis. Ag an bpointe sin níor mhór an Chéad Chúis a mhíniú, a cúis sin a lorg.

—do lorg mé ionam féin é.

An ceart aige, b'fhéidir, ar bhealach. Ionam féin; síol an uile rud nó an neamhní. Cuma cé acu a gcreideann tú. Caillte sa dá chás. Báite i bhfocail nach eol dúinn a mbrí (más ann do bhrí) ná cúis nó éifeacht a gcumarsáid—más ann dó sin. Bronntanas Indiach (nó goid ó na Déithe). Féach, i ndeireadh an tsaoil, ar tharla do Phrometheus—agus níor ghoid seisean ach an tine. Iolar an Chaucasus. B'fhéidir é. An rachaimis chun "cainte" leo, féachaint cén masla a thug muid dóibh? Cén tairbhe, agus féach an fear eile a fuair radharc ar Diana acu. Ar ndóigh bhí sí nocht, rud a chuirfeadh leis an scéal.

—four hounds went south.

one had your liver in his mouth.

poor Actaeon.

Nó Tantalus bocht, nach cuimhin liom cén crimen a bhí tar éis a tharlú dó. Fiú an fíoruisce. Níos fearr fós an fuisce diabhalta blasta seo. Bush . . . Mills. Bushmills?

Now, cá bhfaca mé nó cár chuala an t-ainm sin? Minicíochtaí síormhacallacha i gcóras dúnta ciotaplasmach: tarlaíonn "cuimhne" nuair a dhúblaítear, ag na súnapsaí go léir i mogallra ar bith "y", na minicíochtaí síor-mhacallacha sin ina minicíochtaí corrchiorcalaíocha. Agus cad é seo faoi charr agus tiománaí?

Tiománfead féin é. Bushmills. Sea.

—The King sate in Dunfermline toune drinking the blude red wine:

o whare wad I get a skeely skipper to sail this new ship o' mine?

Saga mícheart. Aois mícheart. Áit mícheart. Jasons-toune, agus an lomaire óir. Scéal álainn é sin.

N'fheadar ar deineadh ceol de riamh? Shamhlóinn é.
Féach, dráma ar dtús: le P. V. Sinyavsky agus T. I.
Prokosch. Véars-dráma fileata ar ndóigh sa mhodh
Stailíneach, gan ionathair ar bith. Ceol eadarlinne,
b'fhéidir, le . . . bhuel abraímis K. N. Salmonov. Nó
níos fearr ar fad, sa stíl ársa, greanndráma éadrom le ceol.
"Das Goldene Vliess", scl. Mozart, ca. 1780.

> MOZART, *Wolfgang Amadeus (do baisteadh Joannes*
> *Chrysostomos Theophilus:* (1756-91), *cumadóir Ostai-*
> *reach a rugadh i Salzburg: cailleadh den fhiabhras*
> *(tíofas), agus é beo-bocht, i Vín. Saothair: breis is 10*
> *gceoldráma, 20 concerto, 40 siansa, 24 ceathairéad*
> *téad agus oibreacha eile ceoil aireagail Requiem (do*
> *críochnaíodh le Sussmayer, (F. X.) agus 17 Aifreann.*
> *Tá oibreacha curtha ina leith gur feasach nach é do*
> *scríobh, agus cuid eile nach luaitear leis ach a cheaptar*
> *gurbh é do chum.*

—cloisfidh sibh anois, a lucht éisteachta, an ceoldráma
'Das Goldene Vliess', léiriú ar cheirníní arna chur i
láthair ag Aodh Ó Ruairc . . . oíche mhaith agaibh a
éisteoirí, is cuimhin libh, is dóigh, go raibh mé ag
trácht an oíche cheana ar na hamhráin as 'des Knaben
Wunderhorn' le Gustav Mahler. Bhuel, ar go leor
beaglaí, mar a fheicfimid ar ball¦ beag, tá an-chosúlacht
idir an ceol sin agus an saothar atá faoi chaibidil anocht
agam. Ó cumadh é timpeall na bliana 1780, luadh le
Mozart go minic é go dtí gur chruthaigh an tOllamh
Borschtheimer as Ollscoil Ritterhafen sa bhliain 1893 sa
mhonograf cáiliúil, 'Uber dem Wunderkind und seinen
Nachahmern', gur dhóigh gur mhion-orgánaí sa Tyrol a
scríobh. Scéal aithnidiúil go leor é, scéal Jason . . .

Níl sé sasúil ar bhealach ar bith. Achroiniciúil, an ea?
Nó b'fhéidir é bheith ró-cheart, ró-dháiríre. Cá bhfuil an
sensayuma, nó ar leibhéal eile d'fhéadfá pinnse den saeva
indignatio a chur ann. Ach ceol marthanach, ceol a
cumadh i ndáiríre píre agus atá á sheinm, sin scéal eile.

61

Chas sé an cnaipe.

—'. . . Knaben Wunderhorn' gehort. nun, von Wolfgang Amadeus Monzart, die vorspiel dem 'Goldene Vliness'.

Bhain sin an dara stad as.

III

Am-línte a tarraingíodh ró-thapaidh, ró-mhuiníneach as stuaim an línitheora. Cé déarfadh nárbh fhearr cuspa anseo, nód ansiúd? Glac líne acu. Féach na himpireachtaí: an Bhaibealeoin, an tSín, an Róimh, an Ostair-Ungáir agus an chuid eile. Líne eile, na cogaí; agus eile fós: na creidimh. Agus anseo, san áit a gceanglaítear iad sa phointe Cairtéiseach ar a nglaoitear "anois", is anseo atá an pointe a mhúnlaíonn idir todhchaí agus caite. Athraigh an láithreach agus is ladhar nua é, línte nua. As scáth na dorchachta, an áit a n-ascalaíonn an stuif bhunúsach idir bheatha agus ainbheatha. Céim amháin lena chinntiú i gceann den dá riocht: céim go dorchacht, céim go solas. Cloch nó cill. Agus ó chloch go cloch, ó chill go míorúilt an daonnaí.

[An duine ag titim ar a ghlúine agus ag lapadaíl. Aisiompú. Níl focal as. Glórtha barbartha, gártha garbha an ainmhí. Brúid dhaonna, a chuid detritus mar chomhartha ar an áit ina raibh sé. Éiríonn sé. Siúlann go mall, neo-smaointeach, ar neamh-dhronlíne ó chuaille go cuaille. Bealach na brúide a mharc a chur ar chrann lena aithint ar a shlí ar ais.]

Féin: pointe an aithneachtála, an téarma is deireanaí i sraith a leathnaíonn, gan tús nó críoch, fad na líne a shonraíonn marthanacht na cuimhne. Ní féidir a rá go bhfuil ding-an-sich aige lasmuigh den "anois" atá i gceist ag ladhar ar bith áirithe den plenum. Ach is foshuíomh den ding-an-sich é bheith marthanach, leanúnach. Dá bhrí sin is airí an féin de féin agus dá aithneachtáil féin. Cá stopann sé? Bhfuil pointe ar bith a dtagann tú chuige agus ag a ndeireann tú "seo é é, tá mé tagtha ag a dheireadh, tá sé follas foilsithe ina iomláine anois: " 'aithním' 'mé' 'féin'."? Níl dul as ach an tsnaidhm a ghearradh, tosach a bhaint den ladhar. Is aithneach dom mé féin *anois*: agus ní fíor a thuilleadh é tar éis an milliúnú cuid de shoicind a ghlacann sé orm an smaoineamh sin a aithint.

—is déanfar scige,
 tuisleoidh cách, is titfidh;
 ní bheidh an ghealach ann níos mó:
 an francach do rug ina pholl í.

An cholainn ag dul ó smacht anois, agus an aigne ag druidim leis an sféar is airde, an áit nach call ná ciall do loighic. Ach an cholainn, a Dhia mhóir, dá mbeadh stiúir ag an mbrúid seo le hinchinn aingil ar ghníomhartha a cholainne! An rud is diabhalta de go léir, go bhfuil aitheantas a easba smachta ag goilliúint air ar leibhéal is bunúsaí, is ísle ná leibhéal ar bith darb fhéidir leis a chuardach go comhfhiosach. Ach an bhrúid agus an bhrúidiúlacht: *ann féin*!

Dá bhrí sin ní aithneach dom mé féin. Dar fia ach is fíor é! Anseo an cholainn, anseo an béal, anseo an fíon. Uaidh sin amach, tar éis dhá bhuidéal nó an feasach d'aon duine cén líon galún atá gafa trí mo ghoile ón Mháirt, níl le déanamh ach ligean leis an bpróiseas féinleanúnach. Ól, díleá, aschur, ól, díleá—leanadh sé go deo, is cuma liom ach go bhfuil ceataí éigin orm dá bharr. Próiseas féinleanúnach . . . arbh fhéidir innealra síorghluaiseachta a chóiriú de bhíthin chlár sa chontinuum spás-ama?

—Breathnaigh géar an ghnúis, ná staon,
 aithin, aithin, an t-aircdaol
 gnóthach ag alpadh othrais
 gan urlacain.

Tusa, a chailín. Cad a dhéanfaidh mé leat? An fiú leat mé sa riocht a bhfuilim? Ba chóir dom tú ruaigeadh nó ní fiú mé thú, ar chaoi ar bith. Ach an chaill, an chaill nach bhféadfainn a sheasamh. Conas a ruaigfinn, agus an chaill bheith chomh mór: ar bhainis-se riamh ball de do chorp? Nó an eol duit an bealach a bhraitheann tú tochas sa chois nach bhfuil ann a thuilleadh, an tsamhailchéadfaíocht a bhraitheann fuaire an urláir ar maidin nuair a ní-sheasann tú amach air? Chun do leasa féin, a bhuachaill, a bhainimid an chos seo díot. Ar bhain aon duine colainn ó chos riamh? Chun leasa na coise? Anois an t-am, anois ó tá an scoilt do-shéanta ag teacht. Anois ó sciurdann m'inchinn trí réimsí do-áirithe an spás-ama, anois ó seoltar mé go léasmhar go réigiún an dí-loighic, anois ós Dia mé, ós sár-áireoir mé, ós uile-eolach uile-aithneach ós . . . Anois.

   —brostaigh uaim, a Annsa liom.
      bí id ghasail,
      nó id fhia óg,
      ar na sléibhte cumhra.

Níl an chuimhne orgánach. Cá bhfuair mé é sin? Ón gestalt. Gach blúire cuimhne dá bhfuil agam, ídíonn sé (úsáideann) móilín amháin as an inchinn. Mura mbeadh orainn cuimhneamh . . . Ní sheasfad leis. Is leasc liom ceangail an choirp. Ní chuimhneod. Is mé an gestalt, an uilí. Neamh-ogánach, neamh-fhéinaithghiniúnach, a mhac. Scoiltfidh mé. Sea, dhá leath. Ní fhásfaidh siad. Dhá leath. Agus sin sin. Seo chuige in ainm an nachgestalt. Anois (an dara huair, an ea? Bíodh). Im aonar, an nuagestalt ag pléascadh. Sea, anois.

[Tús an deiridh. Tá an t-aingeal i bhfochair an Eolais; an bhrúid, tá sé ina luí ag cumar cheithre shráid, cruciform, ag ladhar seo an plenum, gan aithne gan urlabhra. Seo é críoch an aistir, an stad deiridh.]

   —thœs ofereode, thisses swa mæg!

Sea, fág anseo mé. Is aingeal mé, is mé an chruinne agus a bhfuil ann. Is mé ár mbealachna seo na bó finne. An Cosmas Pléascach. Sea, imigh, a mhionduine, a abhaic dhaonna. Fág mé, tá cead agat Muid a fhágáil ó tá tú fágtha Againn inár bhfás. Díleáimid thú maraon leis an mbrocamas go léir. Le tarrashíoda an bhóthair, le WI ES & SPIRIT . Le Johannesburgh na dea-fuisce. 'Eisean' agus túr Baibéil. Ludlows, speranza agus callairí. Newbursts, drámaí, gach Sally dá raibh riamh ann agus a sliocht. Róbait, fleas, ifreann agus Dylan Thomas. Ní smaoinímid fiú ar a bhfuil gan ainmniú. Níl ann go léir ach eispéireas. Níl feidhm a thuilleadh leis: go deimhin ní féidir é. Tá sé go léir faighte, sa léas uafásach solais seo. Táimid á dhíleá más ea, Ár gcorp ina measc, ina luí, pre-primeval, mar a bhfuil sé bíodh aige. Tá sé ina dheireadh mar a bhí ar dtús. Tá. Ina dheireadh. Mar Tús. An. Ciorcal. Arís. Tá.

LETHE, *sa mhiotaseolaíocht Ghréigeach, abhainn d'aibhne Hades, a bhfuil sé d'fhiachaibh ar anamnacha na marbh blaiseadh di, le go ndearmadfaidh siad gach a ndúirt agus a rinne siad ina mbeo dóibh (Gr. letho, latheo, lanthano, daoine a chur i riocht ainbhfiosa).*

Here, in a dusky vale where Lethe rolls
Old Bavius sits, to dip poetic souls,
    And blunt the sense.

Pope: Dunciad, iii, 23.

SMÁLÚ

Diarmaid Ó Gráinne

BHÍODAR triúr ag puthaíl nuair a shroicheadar barr an strapa. Coigileach a raibh toirt cléibhe de "phrayer book" faoina hascail aici. Prisleach lena phíopa go dúranta idir a dhá starrfhiacail agus prislín ag sruthlú síos a choise amach go bun a chloiginn áit ar lonnaigh sé ala ag bogadaíl. Strompán lena chaipín go domhain ina shúile, toitín a raibh leath-orlach luaithe ag sileadh leis go ncamhurchóideach i gcoirnéal a bhéil.

—Mo choinsias gur dian an t-ard é ag duine nó beithíoch, a deir Prisleach.

—Duine nó beithíoch muis, a deir Strompán.

—D'fheilfeadh baslach éigin a chur air, a deir Prisleach.

—Straeineálfadh sé ainmhí ní áirím an duine, a deir Prisleach.

—Constaic ag gearrán le cruibín móna.

—Nó asal le boirdín feamainne, arsa Strompán.

—Really gosh . . . nó leoraí le hualach blocannaí, arsa Coigileach.

Tharraing Coigileach a scairf amach ar barr a cinn. Thiomsaigh Prisleach a phíopa go coirnéal eile a chaib. Dhiúil Strompán gal as a thoitín gan cur isteach ná amach ar an luaith.

—Ba challánach é seanmóir an Chanon inniu dár príosta.

—Dheamhan bréag nárbh ea muis.

—Really gosh, gurbh ea.

66

—Cé cheapfadh go raibh an droch bhraon ann.

—O My! beag a cheapfadh.

—Tuilleadh airgid ag teastáil uaidh dár príosta.

—M'anam gur maith an éadáil seicín deich scilling féin ru.

—O My is chomh deacair is atá sé a shaothrú.

—Airgead á chaitheamh go seafóideach ag gasúir scoile ar uachtar reoite chuile lá, deir sé. Daoine fásta imithe le drabhlás is ól, deir sé.

—Céard seo deir sé faoi scaibhtéaraí gan múineadh ná tógáil? Really Gosh, O My, gan móráltacht gan prionsabail . . . no sense of responsibility or respectability.

—Mó choinsias gurbh shin iad na focla go barainneach a tháinig amach as a bhéal . . . nár fhága mé seo murab iad

—Cé cheapfadh dó é . . . tá braon ann.

—Nár fhága mé seo ru . . . caitheamh airgid go drabhlásach . . . Ní chuimhnítear ar chor ar bith ar chostaisí an pharóiste deir sé . . . ar an doras nua a chuaigh ar an tseanscoil, an sornóg a chuaigh sa scoil nua, an dealbh in omós do Naomh Aindrias i gclós an tséipéil, an simléar nua a cuireadh ar an halla paróiste.

—M'anam go ndúirt.

—Mo choinsias go ndéanfaidh sé siúd údar fós.

—Ní mór do na tuistí breathnú i ndiaidh a gclann is gan iad a bheith ag fánaíocht ar bhóithre i gcontráth na hoíche.

—Mo choinsias go ndúirt muis.

—Really gosh! dúirt.

—Cuirfidh sé siúd adhastar ar ghasúir óga, mo chraiceann ón diabhal go gcuirfidh.

—Ar bhligeárds ru.

—O My! ar cheoláin Bhuaile Shorcha.

—Tá mo phiobán caite ag cur comhairle ar Bheartla breá sin agamsa—fan amach ó scaibhtéaraí Bhuaile Shorcha a deirimse—fan amach óna gcuid mótair—fan amach ó na damhsaí bradacha sin sa mbaile mór. Beidh siad sin ag súil go gcuirfidh siad ar bhealach d'aimhleasa thú. Bhí sé chomh maith agam bheith ag cur comhairle ar an madra.

—Sin iad aos óg an tsaoil seo ru.

—Really Gosh! an t-aos óg.

—Oíche Dé Domhnaigh go díreach bhí mé ag snagaíl chodlata nuair a d'airigh mé an tafann agus an únfairt thiar ar an tsráid. Dhírigh mé aniar sa leaba is chuir cluas éisteachta orm féin. Chomh siúráilte is atá mé i mo luí anseo, deirimse, sin é jeaic dhubh streilleachán bharr an bhaile. Cén bhrí ach bhí an sean-bhess bán sin agamsa faoi eachmairt. Réabfaidh sé agus déanfaidh sé ciseach den doras go siúráilte, a deirimse. Chaith mé mé féin amach as an leaba, tharraing orm mo threabhsar is sháigh mo dhá chois amach mo bhróga, siar liom ar an tsráid . . .

Chrom mé ag posta an gheata go díreach . . . cé bheadh ann ach mótar le mac Chite Rua.

—Mo choinsias gur suarach an féirín a bhí ar do shráid.

—O My! Really gosh.

—Pádraigín Chite Rua agus é thuas sa mullach ar chailín.

—Thuas sa mullach uirthi deir tú.

—O My! thuas sa mullach.

—Go díreach mar a bheadh beirt ag cor corraíocht . . . sin é an chaoi a raibh siad i ngreim ina chéile go díreach.

—O My! Really Gosh.

Ba dhoiligh liom a dhéanamh amach cé bhí thiar i ndeireadh an mhótair nó gur las Mac Chite Rua faig is gur thug don raicleach a bhí in éineacht leis é, ansin is ea fuair mé léargas ar Bheartla breá seo againne . . . é féin faoi mar a bheadh sé ag cor corraíocht le bean eile . . . dóbair dom titim as mo sheasamh.

—Mo choinsias gur bhocht é do chás.

—Really Gosh ba bhocht.

—Rinne mé staic ag posta an gheata ... d'imigh puth de m'anáil díom. Ar éigin Dé a chrap mé liom soir an tsráid. Ní fhéadfadh an dara néal a bheith codlata nuair a d'airigh mé an ghiúnaíl is an osnaíl thíos ar an teallach ... dhírigh mé aniar ar mo leath uilinn is chuir cluas éisteacht orm ... amach liom ar an urlár gur tharraing orm mo threabhsar is gur sháigh mo dhá spáig amach mo bhróga. Ar bharr mo chosa d'éalaigh mé síos don chistin ... cé bheadh thíos ach Máirtín breá agus raicleach caite ina ucht ... raicleach choimthíoch éigin.

—O My Really Gosh!

—Mo choinsias gur dona an éadáil a thug sé ar leac an teallaigh agat.

—Cé as í seo deirimse? ... cén cheird í seo atá ort ... beidh tú ag siúl go dtabharfaidh tú drochainm orainn ...

—Gabh siar a chodladh go beo, deir sé liom, suas le mo phus, gan chás gan náire, gabh siar is ná bí i do shonda ansin. Is as suas amach í ... furasta scéin a chur inti, a deir sé.

—Go n-íosa na géabha fiáine a cuid fabhraí daite, a deirmse, go bpioca an naosc na súile aisti an raicleachín bradach. Siar liom a chodladh. B'fhurasta cur chugam arís go maidin.

—Really Gosh droch-chomhluadar iad ceoláin Bhuaille Shorcha.

—Dar diacais gur thug mé suntas do Chite Shorcha inniu. Las sí suas chomh dearg le círín coilligh, círín coilligh go díreach, dá fhad dá dtéann an sionnach beirtear sa deireadh air a deirimse liom féin.

—O My agus ar a hál.

—Clann Chite Rua, preit.

Rug mé féin orthu ag éisteacht ag doirse dúnta ... mo chraiceann ón diabhal gur rug.

—Really gosh! rug tú.

—Tar éis na Nollag go díreach is mé ag teacht ó chuairt tigh Choilin Pháidín. Ní fheicfeá méar do shúil bhí sé chomh dubh sin. Bhí na yanks sa mbaile tigh Sheáinín Liam agus lóchrann i ngach uile sheomra. Ag casadh an bhóithrín go díreach nuair a chonaic mé Pádraigín Chite Rua agus cluas aige leis an doras.

—Cluas aige le doras deir tú.

—Really gosh, cluas le doras . . .

—Agus Stiofáinín ag pípeáil trí pholl na heocrach.

—Ag pípeáil trí pholl na heochrach . . . mo chraiceann ón diabhal.

—Really gosh . . . ag pípeáil.

Bhfuil múineadh ná tógáil oraibh ag éisteacht ag doirse dúnta a deirimse, nó an bhfuair sibh scoil ná foghlaim.

—Nach ag tóraíocht dreoilín atá muid a deir an scólachán bradach.

—Ag tóraíocht dreoilín, a deirimse agus an dreoilín thart le seachtain . . . níor fhág mé pup ná pap acu.

—Mo choinsias gur tháinig mé féin orthu ag caitheamh spalaí le cruigeannaí.

—Ag briseadh cruigeannaí pólannaí ru.

—Dár príosta bhris.

—O My! agus an ghloine a bhí ag coinneáil na bpréacháin ó neadú i dteach an Chanon.

—Agus an báilín gloine ar phost an gheata tigh Lord Snodgrass.

—Tholladar agus spalladar an geata nua ag cailleach Killmurray.

—Cuirfidh an Canon adhastar orthu dá thuas iad.

Thug Coigileach fáisceadh eile don scairf faoina muineál. Dheisigh an "prayerbook" a bhí ag éalú faoina hascail. Thit an luaith ó thoitín Strompán. Chrom Prisleach le sconsa. Bhrúigh pont a mhéire síos i gcloigeann an phíopa, bhí ar tí cipín a lasadh nuair a labhair Strompán.

—Cogar mé seo leat cé mhéad atá ar an tobac céanna

ar chor ar bith.

—Seacht is trí pingine d'íoc mé ar leath únsa tigh Bheagán sa nGealchathair Dé Sathairn—seacht is trí pingine. Tháinig mé abhaile agus diabhal mé gur sháigh mé mo lámh i mo phóca le dúil chráite i ngráinne tobac. Dheamhan a dhath riamh a bhí agam—nár fhága mé seo.

—O My! Really gosh!

—Blood an 'ouns, a deirimse, ní féidir nár cheannaigh mé tobac. Scread mé siar ar Mhairéad a bhí ag iarnáil léinteacha sa seomra thiar ar ordaigh sí tobac i messages na seachtaine. Tharraing sí aici an "note book" úd. Bhí sé scríofa ansiúd m'anam. Mairg a bheadh ag brath ar chailleachín Bheagán a deirimse lena cuid pencils agus páipéir. Ceann de na laethanta seo caillfidh sí a cloigeann. D'fhéadfainn mé féin a chiceáil.

—O My! O My!

—Dár diacais go bhféadfainn. Bhí mé ag seachrán ar fud an tí mar a bheadh neascóid ar mo leath-thóin. Thabharfainn mo dhá shúil ar ghráinne tobac. Siar liom ag teach an chairr. Jeaic dubh streilleachán bharr an bhaile a bhí ag coinneáil comhluadair leis an sean-bhess bán san agamsa. Dar diacais, a deirimse, is maith uait bheith ag coinneáil comhluadair le hasal bocht a thug seift seachtaine abhaile ón nGealchathair. Rúisc sa ngabhal a thug mé dó. Bhí mé mo thapú féin arís le dul ag gabháil de chiceannaí air nuair a d'ardaigh sé a dhrioball is thug a shean-chic isteach ansin ar an gcliabhrach dom. D'imigh an anáil díom. Luigh mé ar an tsráid ag iarraidh i fháil ar ais. Dar fia tá do chosa nite a deirimse liom féin. Tháinig Mairéad anoir. Ní féidir gurb iad na "pendics" bradacha sin atá ag goilliúint ort arís. Ní raibh puth anáil agam le í a fhreagairt.

—O My! O My!

—Ní raibh muis.

—Ba bhocht é do chás ru!

—Leath-uair a chaith mé ag iarraidh m'anáil a thapú. Iomaí oíche Domhnaigh théinn siar le cladach ar fhaitíos go mbuailfeadh mótar mé ach dar príosta gur fánach a mhárófaí duine ar leic an teallaigh aige féin.

—Níor thaitin tobac leatsa riamh a Mhíchíl, arsa Prisleach.

—Dheamhan locht a bheadh agam air ach ba bheag liom bheith ag pruislíl le claibeannaí, leideannaí, soip fhéir. Tá na faigs níos so-láimsithe.

—O My! Bhainfinn féin an-sásamh as faig, arsa Coigileach.

—Ní fhéadfainn déanamh gan an píopa ala an chloig, arsa Prisleach.

—Ní fhéadfá ru.

—Cuma ar an bportach, ag baint fhéir, ag cruachadh choirce nó ag ól phionta d'aireoinn uaim é.

—D'aireofá, dar príosta.

—O My! d'aireofá.

—Muise sách sleaiceáilte a bhreathnaigh Colm Mhicilín inniu.

—O My! ní aithneoinn ar chor ar bith é. Sách sleaiceáilte ru! Gan ann ach a scáile.

—Dar diacais, a deirimse liom féin, gur dona a chuaigh an t-ospidéal duit.

—Dona muis!

—Sháití an tsnathaid sé huaire isteach ina imleacán chuile lá. Trí huaire ar maidin, agus arís tráthnóna, agus an méid céanna uaireanta suas ina thóin.

—Ba diabhaltaí an standard é ru.

—Cén chaoi ar fhág siad imleacán ar bith air.

—Ná tóin!

—Dar príosta ba diabhaltaí an tolladh é!

—Thabharfá tolladh ar tholladh!

—Dá dtolltaí an strapa sin thíos chomh minic leis . . . ar aon chuma dhéanfaí leas.

—Ní bheadh aon chall blaisteála ru.

—Céard déarfá le Peadar Bharr an Bhaile atá éirithe as an tobac.

—Peadar Bharr an Bhaile ru.

—O My! Really gosh!

—Nuair a chuaigh bó liom ar a bá sna portaigh bheaga ansin thuas shín mé mo phíopa aige . . . dar príosta shín . . . is fearr bheith caothúil anois, a deirimse.

—Diabhal mo chos a chaith aon tobac le dhá mhí a deir sé.

—Hóbair gur rinne mé staic!

—Agus an dúil a bhíodh aige i ngal ru!

—Chonaic mé prislíní dúile i gcab a bhéil . . . d'aithin mé ar a shúile go raibh dúil mhallaithe aige ann . . . dar príosta, a deirimse, má tá sé in ann duitse éirí as an tobac tá sé in ann do 'Khruschop' iompó ar thaobh Dé.

—O My! O My! nach bhfaca mé féin thiar ag an teach posta é. Shín sé seacht scilleacha isteach ar an gcuntar.

—Tá an tobac ardaithe, deir scóllachán an phosta.

—M'anam má tá, a deir sé, fanadh sé ardaithe, gur shac a sheacht scilleacha isteach ina phóca arís.

. .—Ní íocfadh sé na sé pingine eile.

—Óra an prochóigín crua!

—O My! an spágachán bradach.

—Tá sé ag dul thar a chéile cheal tobac!

—Ag dul thar a chéile ru!

Rinne Prisleach balla cosanta dá lámh chlé mar chosaint ar phutháil na gaoithe agus sháigh an cipín síos i gcloigeann an phíopa. Lonnaigh a shúil ala ar Choigileach. Shleamhnaigh uaidh sin go Strompán gur dheisigh an claibín arís ina áit . . .

—Dár diacais nár shuaimhní a bheadh sé sin lena phíopa tobac i ndeireadh a lae is a chruóige thall!

—O My! ba shuaimhní.

—Ba chompánach dó é.

—Really gosh gurbh ea!

—Agus an dúil bhí aige i tobac!

—Really gosh bhí.

—Ná bheith ina shuí ansiúd ag breathnú ar an gcoigileach úd . . . bobarún . . . cosa sa luaith.

—O My! bobarún.

—Nach mó teasa tá sa bpíopa féin ná sa raicleach úd.

—Mo chraiceann ón diabhal gur mó.

—Really gosh! Ó My!

—Dhírigh Prisleach ón sconsa. Ghreamaigh an píopa idir a dhá starrfhiacail. Strompán ar bhord thuaidh an bhóthair. Coigileach i lár báire. Prisleach taobh an sconsa.

—Casadh orm thiar ar an gCraein inné é, arsa Prisleach. Diabhal mé go raibh mé stiúgtha tar éis an mhargaidh. Isteach liom sa sipín tae ar an gCraein. Bhíos ag déanamh ar thigh Bheagán áit a raibh na "messages" ordaithe ag Mairéad. Cé bheadh chugam aníos an tsráid ach Peadar Bharr an Bhaile. Mo chraiceann ón diabhal a deirimse im intinn féin nach ort atá an dáir airgid ag dul thart ó dhoras go doras le do bhláthach agus ceaintíní cáirt.

—Dáir airgid rú.

—Really gosh . . . craeiceáilte ag airgead.

—Bhí an seanjeaic taobh amuigh de thigh Bheagán is é ceangailte de phól. Mála féir ar a chloigeann. Bhí sé ag streillireacht bháistí. Mo choinsias a deirimse nuair a bheas tusa is do jeaicín sa mbaile gur beag is fiú thú.

—Ní thabharfá tuistiún air.

—Really gosh ní thabharfá.

—Teara uait isteach go n-ólfaidh muid deoch a deirimse.

—Thiocfainn agus fáilte, a deir sé, ach go bhfuil orm dul soir go Bóithrín na Sliogán le leath-ancard a fhágáil thoir ag bean an phóilí.

—Go réaba an diabhal tú féin is do chuid bláthaí, a deirimse.

—O My, really gosh.

—Díchéille, 'deile rú.

—Bainfidh a chliamhain i mBuaile Shorcha deatach as a chuid airgid fós nó maith a chruthós sé.

—Dheamhan draein a thógfas sé.

—Ná colbhachaí a bhaint ru.

—Ná maistre a dhéanamh.

—Really gosh!

—Ná bláthach le coisliméaraí Bhóthar na Sliogán.

—Ná cabáiste le Raillí Ró ru.

—Ná dileasc le cailleachaí an Chladaigh.

—Brisfidh grabairín Bhuaile Shorcha an chuinneog.

—O My! Really Gosh!

—Agus an t-ancard!

—Agus an loinne ru.

—Loiscfidh sé an cairrín asail.

—Agus an chrib ru.

—O My agus na boscaí.

Díofaidh sé a bhfuil de stoc ar an talamh. Ólfaidh sé a bhfuil ann. Caithfidh sé Peige amach ar an tsráid.

—Íosfaidh sé na cearca.

—Ní dhéanfaidh sé aon Earrach.

—Really Gosh ní dhéanfaidh.

D'iompaíodar triúr soir bóithrín an bhaile. Coigileach ag tógáil an chosáin ar thaobh na láimhe deise. Strompán taobh na láimhe clé. Thiomsaigh Prisleach a phíopa go coirnéal thall a chaib arís is d'iompaigh soir ar shráid an tí. "Prayerbook" scairf, faigs, gan é bheith á smálú féin le claibeanna, leideanna, soip, mótair, fabhraí daite, mná thar pharóiste amach—bhíodar ina gcasán deilgneach trasna a intinne. Smálú baile beagfhoclach na gcomharsan iad ar fad ag ceapadh a fhéiníneacht féin. Bhí an seanbhess ag tornáil codlata ag posta an gheata.

Chuimhnigh sé ar jeaic dhubh streilleacháin bharr an bhaile go ndeachaigh striogán mallachtaí ag portaireacht i gcúl a chinn, mallachtaí móra an oilc . . .

AISLING AN ÓIL

Diarmaid Ó Gráinne

B'FHADA LE Micil an Ósta go gcríochnaímis ár
bpiontaí is go nglanfadh muid linn abhaile. Bhí fáth aige
leis freisin. Thit an comhrá i slí is go rabhamar cúigear
ag faire ar an duine eile amhail mar a bheadh muid an-
amhrasach faoina chéile. Go mallchosach d'imíomar
amach an doras is Micil an Ósta ar ár sála lena dhallóg
fuinneoige. An "habit" a bhí baistithe ag nathaíodóir
amháin ar an dallóg chéanna. Chuaigh Buimbiléad,
Streilleacháin is Spreanglachán don leithreas. Cois claí a
shill G. agus mé féin ár lucht. Bhí ceobán báistiúil sa
ghaoth ag radadh isteach ón bhfarraige is imleacán na
spéire luchtaithe anuas go mór le scamaill mharbha. Faoi
phóirse an ósta a sheasamar, ár súile greanta sa mbóthar
a bhí á shnasadh féin anois faoi mbáisteach.

Ba é Buimbiléad a bhris ar an gciúnas.

"An gcreidfeadh sibh gur cheannaigh mé scór ard-
tráthnóna; féacha sin anois gan an oiread fágtha is a
chuirfeadh thart an oíche."

Níor fhreagair aon duine é. Bhí mósán ina ghlór nár
thaitin liom. Nuair a bhreathnaigh mé air arís bhí an
bosca toitíní amuigh aige.

"Seo!" ar seisean ag dáileadh toitíní inár dtreo.

Níor bhéas liom féin toitín a chaitheamh ach thóg mé
ceann. Bhí coimhthíos aige le G. nár thuig mé go barain-
neach. B'fhéidir go raibh caitheamh aige i ndiaidh an
méid óil a bhí dáilithe aige air san ósta.

'Seo a bhastaird, sin an ceann deiridh a gheobhas tú go lá do bháis."

Bhí puisín beag gáirí le sonrú ar aghaidh G. agus é ag síneadh a mhéara i dtreo an bhosca.

"Ní chreidfeadh sibh céard a tharla dom inniu" arsa Buimbiléad.

Níor labhair aon duine.

"Ag athrú blacanna a bhí mé thiar ag an teach. Buailfidh mé soir anois agus ólfaidh mé pionta arsa mise liom féin is beidh mé anoir arís in imeacht dhá mheandar. Duine ná deoraí raibh san ósta ach Cóil Labhrais—tá a fhios agaibh féin Cóil lena stad, mar bharr ar an donas nár sheas sé pionta agus gan agam féin ach an deich scilleacha coirnéalacha úd. Tá a fhios agaibh féin ní raibh fúm ach pionta a ól, scór toitíni a cheannach is bualadh siar ag mo chliamhain ar cuairt san oíche. Bhí mé i sáinn. Nuair a fuair mé glanta amach ag an leithreas é d'iarr mé punt ar Mhicil an Ósta. Anseo a chaith muid an tráthnóna. Gan bó ná gamhain, cearc ná lacha ná lacha a thaobhachtáil ó shin. Féach an dul 'amú a bhíonn ar dhuine. An síortéaráil, ach chomh siúráilte is táim i mo sheasamh anseo déanfaidh mé an Carghas".

"Agus mise leis" arsa Spreanglachán. "Agus mise" arsa Streilleachán.

"Féach Taimí Thaidhg nár bhlais aon deoir ón mbliain úr is chomh dúilí is a bhí sé ann," arsa Buimbiléad.

"D'fhéadfá a rá", arsa Spreanglachán.

"D'ólfadh sé roimh a bhricfeasta é" arsa Streilleachán.

"Ara níl sa raicit sin ar fad ach faisean", arsa Buimbiléad.

"Anois a dúirt tú é" arsa Spreanglachán ag síneadh a cheann.

"True! true!" arsa Streilleachán. "faisean, céard eile".

Bhogamar siar an bóthar. Bhí sé an-dorcha.

"Féach sin anois", arsa Buimbiléad, "níl gealach ar bith anois ann mar a bhíodh fadó, níl a fhios cá fhad ó chonaic mé gealach bhreá shoilseach."

"Dheamhan bréag ansin", arsa Streilleachán.

"Ná cuid de bhréag," arsa Streanglachán.

"An ghealach a bhíodh ann fadó d'fhéadfá lá oibre a dhéanamh nuair a bheadh sí ina neart", arsa Buimbiléad.

"True! true!, go bhféadfá," arsa Streilleachán.

Tháinig athrú suntasach ar Spreanglachán. Dhírigh sé a aghaidh go dúranta ar an mbóthar agus cé go raibh sé dorcha facthas dom go raibh rud éigin ag cur as dó.

Ar ball labhair sé.

"Feic mise! Dhá phunt a thug mé liom anocht agus gan agam anois ach na mionspros pingineacha buí sin, agus ina dhiaidh sin féin níl aon cheo ólta agam."

"Níl muis," arsa Streilleachán.

"Ara go gcuire Dia an t-ádh ort, ní tada punt anois."

"Fliuchadh do bhéal, níl le fáil air," arsa Buimbiléad.

"Níl muis", arsa G.

"Nach bhfuil Micil an Ósta ag teacht isteach go maith ar na pingineacha nua", arsa Spreanglachán.

"M'anam má tá nach mbeidh sé féin síos leo", arsa Buimbiléad.

"Ara beannacht dílís Dé leat, níl a fhios agat a leath," arsa Spreanglachán.

Sheasamar ag cloigeann bhóithrín an bhaile. Ní rabhamar ag súil lena raibh le teacht ó Bhuimbiléad.

"Ach," ar seisean, "éireoidh mé as an ól agus as na faigs freisin. Éireoidh mé astu anois. Nach bhfuil sé chomh maith agam éirí astu anois le Dé Céadaoin seo chugainn."

"Diabhal mé go n-éireoidh mé féin astu freisin", arsa Streanglachán.

"Tá caoi is cuma ar gach uile dhuine ach an fear atá ag ól", arsa Streilleachán.

"Fíor duit," arsa Spreanglachán.

"Agus na faigs freisin", arsa Buimbiléad. "ara slán an tsamhail dá mbeadh duine buailte suas san ospidéal nach mbeadh air éirí astu".

"Dheamhan bréag ansin", arsa Spreanglachán.

Tháinig múr isteach ón bhfarraige. Bhailigh Buim-biléad leis siar an strapa. D'iompaigh mé féin, Spreang-lachán, Streilleachán agus G. suas bóithrín an bhaile. D'airíos féin mí-shocair go maith agus blas leamh an leanna i mbéal mo ghoile.

Bhí solas sa gcistineach. Ghlacas anáil bhreá aeir ag an doras leis an gceobán óil a ghlanadh as mo cheann. Bhí m'athair ina shuí ag an mbord is a chluas leis an raidio. Bhreathnaigh an chistin an-leathan. Tar éis chomh maith a thriallas siúl go stuama bhain a ráiteas geit asam.

"Breá nach ndúnfá do phlapa díreach nuair atá tú ina éadan."

Nuair a bhreathnaíos síos chonaiceas an mí-eagar a sceith orm ach ní air a bhíos ag cuimhneamh ach ar Bhuimbiléad. Bheadh sé ina shuí cois tine anois ag cuimhneamh ar a óige a d'éalaigh uaidh, an ragairne a bhí tar éis é chéasadh dá bhuíochas. Chaithfeadh sé an toitín deiridh nó b'fhéidir é a shacadh isteach sa tine. Rachadh sé a chodladh is é ag súil le saol nua eile a thosú amárach.

TURAS EILE

Diarmaid Ó Gráinne

BHUAIL CLOG na scoile. Scréach áthais a d'éirigh ó
na gasúir. Scréach a mheasc le torann leabhar, deascanna,
búclaí málaí, útamáil na suíochán. Bhíodar ina scuaine
aníos chuige.

"An bhfaighidh mé do mhála, a mháistir?"

"An nglanfaidh mé an clárdubh, a mháistir?"

"An féidir liom píosa cailc daite a thabhairt abhaile,
a mháistir?"

Níor fhéad an máistir cur ina gcoinne. Airde na
síleála is na bhfuinneog a ghabh a shúil ar an ala sin. In
aon turas, shílfeá, a rinneadh amhlaidh iad. Cosc a
chur air breathnú amach ar an saol; cosc le haon sólás a
thabhairt dá shamhlaíocht, go fiú dath na spéire, titim
na báistí, an búirlín ceo ag guairdeal os cionn na n-árasán.

Ach bhí an uain go breá. Ar éigin a d'fhéadfadh sé a
bheith níos breátha ná an chéad lá ar tháinig sé chun na
scoile. Duairceas na bildeála an t-údar coimhthís bhí air
ansin. An dealbh bhán sa chearnóg, An Mhaighdean
Mhuire ag pógadh cosa Íosa. Dealbh bhán i lár páircín
ghlais, timpeallaithe ag terra dubh, timpeallaithe ag
bildeáil dhuaire. In aon turas a bhí an teas á phlancadh
san aghaidh an lá úd. Chaithfeadh sé de a charabhat is a
léine freisin, murach gur chuimhnigh sé air féin. Ní mba
mháistir ar chor ar bith é mura mbeadh carabhat agus
léine air. B'iad céad suáilcí a phearsantachta. Orthu a
lonnaigh súil an chigire is an bhainisteora.

Bhí an scoil ciúin anois, ámh. Ní raibh le cloisteáil ach tic-toc an chloig. Amach leis an máistir faoin ngrian. B'éigean dó a shúile a chlúdach ag an tairseach ó fhuinneadh theas na gréine. Ach ní mba sholas é ná fíor theocht fiú, ach smúit, broghachas, brothall. Idir na blúiríní scamaill i bhfad suas bhí an t-aer glan sciúrtha. Anseo bhí sé calctha plúchta. Chas an máistir mór leis ag dul trasna chlós na scoile.

"Tá an aimsir go breá anois!"

"Tá, a mháistir."

"An bhfuair tú an tuarastal fós?"

"Ní bhfuair, a mháistir."

"Ó! Beidh sé chugat lá ar bith feasta."

"Is dócha é, a mháistir. Aisteach go bhfuil an crann sin in ann fás, tar éis a bhfuil de tharra ina thimpeall, a mháistir?"

"Ó, gan dabht tá! Feic a bhfuil de dhuilleoga air; cuirfidh mé punt leat nach mbeidh duille amháin ar an gcrann sin lá Samhna."

"Nach aisteach sin?"

"Feic an áit sin thíos," arsa an máistir mór ag síneadh a mhéire go coirnéal an chlóis, "tá stair fhada taobh thiar den áit sin."

Níor fhéad an máistir óg ach an bás a shamhlú leis an áit—seidíní guail agus prochóga de thithe ag crochadh a gcloigne suas chun na spéire.

"Crochadh daoine ansin i 1798, a bhuachaill, agus lámhachadh daoine ann i 1921."

"Ón gcrann sin, a mháistir?"

"Ní hea, a mhic ... Tá sé in am baile anois, a bhuachaill."

"Slán, a mháistir!"

D'airigh sé te, mí-chompordach—míchompord a choisceadh smaoineamh uasal ar bith. Ar maidin shiúladh sé chun na scoile. An chéad sheachtain thagadh sé ar bhus. Ní raibh cosa bois faoi. B'aclaí seanmhná na cathrach go mór ná é. Ba bhalsam dá intinn an siúl seo chun na scoile. Fionnuaire na maidne ag géarú a shamhlaíochta. D'fhéadfadh sé cuimhneamh ar Gorki, Maupassant agus ar an Seoigeach ar a bhealach chun na scoile. Thrasnaigh sé an tsráid anonn chuig an múnlann cathrach. Bhí ardthrácht an lae aníos chuige ón Life. Bhreathnaigh sé ar thóin ollmhór Dhónaill Uí Chonaill i bhfad uaidh síos faoina chóta leactha. Cá bhfios nach raibh gearrchaile faoina chóta aige.? Anonn leis go dtí an taobh thall. Óstán Warrington ar a aghaidh abhus Bratach Shasana is na hÉireann, seang, ligthe ag cuimilt a chéile i dteas bíogach na gréine. Gearrchaile aníos an tsráid chuige. Cuma mílítheach uirthi. Ag dul thar a chéile. Hum! Buillín agus jeaim. Jeaim agus buillín. Bhreathnaigh sa dá shúil uirthi. Níor chúb sí. Í sách oilbhéasach freisin, 'mh'anam. Goirín ar thaobh a béil. Liopaí rósdearg. Póigín bhlasta. Liopaí in aghaidh liopaí. Breith isteach uirthi i gcúlsráid dhorcha. I bpóirse tí. Scor de na smaointe sin. Drochsmaointe. Iad ag strolladh isteach is amach i do cheann chomh fras le gaoth trí fhraoch. Inis ag an gcéad fhaoistin eile iad. Gabh ar do ghlúine. Éist le buillí do chroí. Grinn an chrois. Fan go n-osclóidh an doraisín.

"Tháinig drochsmaointe isteach i mo cheann.,a athair."

"Cén sórt drochsmaointe, a mhic."

Nach é a bhí fiosrach. Cuid da cheird. Sciúradh anama. Dheamhan maith á gceilt. Treabhsar uirthi sin anuas le balla. Gan ioscaide féin le feiceáil. Drochchíoch uirthi. Jeaim agus buillín. Dá sáithfeadh sí slám páipéir iontu fiú. Pacáil mhaith a thabhairt dóibh. Chuirfeadh sí dallamullóg ar shlataire éigin. Céard déarfá le mná Loch Garman. An-teasaí. Sin an fáth ar throid siad chomh maith i '98 caithfidh sé. "Who fears to speak . . .?"

Uafás an méid peacaí a chaitear leis an sagart bocht. Goid siúcra. Mionnaí móra. Murdar mór. Peacaí na

mban suimiúil freisin. D'éireofá tuirseach ag éisteacht le
gasúir. Ar fad ina ndeilín amháin acu nós amhrán na
bhFiann. Beirt a bhí ag walsáil le hAmhrán na bhFiann
sa Chlub Gaelach. Bhí sé sin ag fáil luach a chuid airgid,
dar fia! Um! Pian sa bhfiacail sin. Feoil is arán i bhfastó
iontu. Bitheoga ag obair ar a míle dícheall is tú i do
chodladh. Ceal sciúradh. B'fhearr cuairt a thabhairt ar
an bhfiaclóir. Drochbhlas ar do bhéal tar éis an instealladh
úd. Fiacla fabhtacha go dona ag do bholg freisin dar
mo choinsias. An leacht broghach sin ag sileadh síos do
phíobán isteach i do chuid putóga . . . thabharfaidís ailse
ar an nóiméad duit. Níl aon leigheas fós air . . . faigs go
dona agat freisin. Féach an bhail atá ar do mhéara acu
. . . D'imleacán órbhuí ar fad mar sin. Breá nach ndéan-
faidís cinn shábháilte . . . ní beadh deoraí á gcaitheamh
ansin ar ndóigh—an smaoineamh gránna sin i gcúl do
chinn nach fada uait an uaigh fhuar úd. Hum! Coinnle
lasta thart ar an leaba. Daoine ar a nglúine ag breathnú
isteach sna súile ort. Iad ag sprochailleacht mallachtaí is
paidreacha is deora móra goirte. Ba dheas é an créatúr!
Sciobtha chun bealaigh le peaca mór. Síos i mullach do
chinn . . . diabhail le heireabaill mhóra scuabacha is spící
ar a mbarr do do charnadh isteach go hIfreann. Buinneach
stálaithe ar a gcuid fionnaidh. Iad do do lascadh lena
n-eireabaill loiscthe. Meanga air . . . drochmheanga ag
diabhal . . . Súil ghangaideach dhonn. Sórt . . . droch-
radharc. Tine mhór . . . Bléas. Mná is fir i mullach a
chéile. Mná spleodracha a roinn a gcuid go fial. Anois
céard déarfá le bheith caite i mullach duine acu is bléas
fút. Bléas. Níl sé sa chaighdeán. Níor ghlac ollamh na
seanfhocal is na foghraíochta leis. Gúmaire. Caint an
Bhaile Bháin á chur ar théip. Caint an Bhaile Chons-
póidigh ar scannán sa mhúsaem. Sclamhairí. Droch-
ghalar a thóg siad ón Athair Peadar. An Bealach Rúnda,
An Bealach Discréideach. An Bealach Aerach. An
Bealach Rómánsúil. Seol úrscéal chucu. Tosaigh mar seo:

"An dá lá is faide a mhairfeas mé is an fhad a bheas féar ag fás is uisce ag rith, dearmad ní dhéanfad go héag ar an lá a ndeachaigh mé ag dreapadh na mbeanna arda maola." "Maorga." "Diamhaireacht." "Órga". An-mheas acu ar na focail sin.

Eaglais Phrotastúnach ansiúd thall. Spuaicín bhreá ghéar. Go bhfóire Dia ar an gcréatúr a shocraigh an spuaicín sin . . . iomaí cloch a chuaigh sa teampall céanna . . . póirsí is doirse . . . gan choinneal, gan phictiúr, gan bhláth ar altóir Phrotastúnach, deirtear. Hum! Gruama. Ag iarraidh an bháis a mheabhrú don phobal. An lá deireadh. Suas ar spuaic teampaill mar sin a thug an diabhal Íosa tar éis Dó daichead lá a chaitheamh sa bhfásach . . . É stiúgtha gan dabht. Dúirt Leis É féin a chaitheamh anuas is dá mba Dhia É go sábháilfeadh na haingil É ar fhaitíos go mbuailfeadh Sé A chos in aghaidh cloiche. Nach é a bhí ag ceapadh gur leathcheann a bhí i Mac Dé. Ré roilleachán ar an mbeirt acu ar spuaic an teampaill. Och . . .! Drochradharc. Pssrrttt! Sucófairt Slaghdán dar mo choinsias. Fuacht ag stolladh síos is aníos lár do dhroma. Allas. D'fheilfeadh do léine a níochan . . . drár . . . fág é sin as an áireamh ar fad . . . namhaid an chine dhaonna. Hum! Páirc Chuimhneacháin. Geataí oscailte anois—dúnta san oíche. Faitíos go mbeadh aon duine ag slataireacht. D'fheilfeadh dóibh is a bhfuil de hallaí rince san áit. Drochsmaointe ag an ngeatóir féin. Mícheál Ard-Aingeal . . . ag caitheamh Ádhamh agus Éabha i ndiaidh a gcinn rompu amach as an ngairdín. Gan snáth na ngrásta orthu ach duilleoga. D'ith siad Úll na hAithne. B'shin é deireadh an éirí in airde. Cruthaíodh Éabha as easna de chuid Ádhaimh. Nuair a dhúisigh sé aniar . . . spéirbhean nocht lena thaobh . . . sméid anall uirthi . . . luí síos leis . . . brionglóid a bhí ann a cheap sé ach ní hea. Craiceann órbhuí Éabha sínte siar lena cheathrú rocach féin. Manna ó neamh. Ní raibh aon ghuaim air.

84

Rinneadar síneadh mór. Tháinig an diabhal i bhfoirm nathair nimhe. Streill gháirí air. É ag pípeáil tríd an bhféar. Ag smeachadh a shúile. Glincín. Buachaill báire. Corp áthais air. Bhain an-sásamh as an osnaíl is as an ngiúnaíl. Ansin chrap leis. Uaill a dhúisigh iad. Uaill a chroith an talamh fúthu. Súil ollmhór Dé á ngrinneadh i rith an achair. Léimeadar taobh thiar de chrann pailme . . . chlúdaigh iad féin le billeoga. Rop Mícheál Ard-Aingeal amach iad mar a ropfaí broc amach as brocais. Ó shin i leith ocras agus pian orainne. Uirfhiacail. Pian bhradach sa starrfhiacail chéanna sin. Cuid de chroiseanna Ádhaimh.

Chas an máistir suas bóthar Dhroim Chonrach. Dordán breá ag teacht ó Scoil Iosaif ar chlé. Tábla . . . Seacht fá haon sin a seacht; seacht fá dó . . . seacht fá trí . . . ar bharr a ngoib. Máistir bocht ag éirí tuirseach. Cé air atá sé ag smaoineamh . . .? Ar a bhean . . .? Ar a theach . . .? Ar an aimsir chaite . . .? Hum! Ceallaigh, Cillín, Cléirigh, Slughaigh, Breathnaigh, ainmneacha siopaí. Gaol acu leis na léachtóirí a bhí sa Training College, caithfidh sé. Lucht siopaí. Punt. *Fumbling in a greasy till.* Croiméal ar an tseanbhean sin istigh . . .! Ceapann sí go bhfuil mé le dul isteach . . . Breá an rud í bheith ag tnúth féin . . . Cúis dóchais chugat . . .! Dhá chíoch mhóra shliobarnacha uirthi . . . Bólacht bainne. Croiméal ar bhean . . .! *Superfluous hair* . . . Ní chuirfeadh sí sin aon éirí in airde ar McGahern bocht . . . Gadhar . . . É ag siúcracht . . . Drochbhail air . . .! Meas tú an bhfuil éirim ag gadhair . . .? D'fhéadfadh cuid acu a bheith níos meabhraí ná a chéile . . .? Doiligh a shúile sin a fheiceáil. *Un chien bow-wow* . . . An madra *The dog uf-uf, uf-uf* . . . Leath go maith . . . Míolta is dreancaidí ag fáil an-sásamh ar an mbuachaill síos. *Mr. Hí-Há . . . Even the dogs are barking in the streets . . .* Há-Hí. Broinín Béasach taobh amuigh den siopa úd thall . . . Pictiúr maith mór de freisin. Streill . . . Streillire

. . . Streilleachán. Féach sin . . . Mada ag crocadh a chois dheiridh is ag mún sa phus air. Míchultúrtha. A mhaidrín tá tú mímhúinte. Tá tú an-dána. Gan móráltacht. Rud chomh neamhchultúrtha mar sin a dhéanamh in áit phoiblí . . . Bréanfaidh tú an chathair . . . Feic Bróinín Béasach ag coinneadh agat. Tá tú dána. *Bhuf-Bhuf bhuf. Bow-wow. A bad doggy.*

Boladh feola . . . siopa búistéara. Cuileog mhór sméardhubh ag portaireacht ar an bhfuinneog. Ramhraithe lena bhfuil ite aici. Fuil bhulláin. Ina luí anois ar an bputóg mhór dhubh úd thall. Íosfaidh duine éigin é sin fós inniu. Uch! Phrst!! Chaith an máistir pislín ar an siúltán. Ispíní . . . Ispíní Ghranby. Boladh rostaithe maidin Dhomhnaigh . . . Ispíní, uibheacha, bagún. Bricfeasta Shasana: froganna, seilmidí, faochain na Fraince. Rís, maidin, lár lae is tráthnóna i Siam. Mug tae don Éireannach. Tae, tae, tae; is maith liom é; dedidilí, didilí, didilé dé. Putóga. Amach as imleacan muc. Muc, muc, mucaí, muicíní. Cos muice agus cabáiste . . . Crúb, crúibíní smeartha le cacannaí liatha muc a chur síos le cloigeann cabáiste *plus* cúpla seilmide agus féileacán a bhí ina gcodladh. Caith sa bpota iad. Boladh breá. Bealaithe. *Ils sont très agréables.*

Chuaigh an máistir thar an gcanáil anonn. Ar nós a bheith plúchta ag billeoga báite. Báid ag dul síos is aníos lá den saol le móin. Capaill á dtarraingt. Scaibhtéaraí Baile Átha Cliath ag caitheamh buidéil trí fhuinneoga na traenach á scanrú. Corrchapall teasaí ag léim sa chanáil . . . Círéib . . . Codlaíonn an capall ina sheasamh suas. Snámhann sé ar a thaobh. Breith ar eireaball air dá dtitfeá amach ina dhiaidh sa pholl báite. Raftairí caoch bocht a léim ar chapall teasaí . . . Chinn air í a chasadh ag cloigeann an bhóthair. Amach i ndiaidh a gcinn sa loch . . . An-fhear mná . . . Ag smúracht thart ar Bhrídín Bhéasaí. Máirín Ní Eidhin anuas an bóithrín chuige. Chrom sí le Raftairí. Spéirbhean cíochlán, ligthe

. . . Thug siad an lá leo go tóin an tí. Anois céard a dearfá le Raftairí . . .? Gach uile ógfhear spréachta i ndiaidh Mháire Ní Eidhin . . . Gan teora leis na meonta . . . Rat-tat-tat . . .! Dall ag teacht anuas le claí . . . É ag brath na slí roimhe. Rat-tat-tat . . .! Saol an-uaigneach ag an dall bocht. Fadhb aige ag ól pionta . . . Gan a shrón a chur sa gcúr. Rat-tat-tat . . .! Puh . . .! Tá sé te. Léine báite ag allas. Tuirseach freisin. An chailc bhradach sin ag guairdeal thart san aer . . . ag dul síos i do scead-amán . . . ag calcadh do chraois. Prrssttt! Snaofairt. Slaghdán. Cos bhreá ag an ngearrchaile sin suas. Siotaí gaoithe ag crochadh a gúna. Dúgáin ghorma uirthi dar fia . . .! A hathair ina Theachta Fhine Gael caithfidh sé. Deartháir aici ina shagart paróiste. Céard seo? Cuaifeach gaoithe ag teacht anuas ón Droichead Neamhspleách.

Fuair an máistir radharc ar a réimse tóna ar fad. Chuartaigh sé gach uile phóca sular aimsigh sé eochair an tí. Súil choilgneach caillí á ghrinneadh suas an staighre. Bhí giorranáil air nuair shroich sé an ceathrú hurlár. Prrsst . . .! Slaghdán bradach. B'fhearr dul a luí . . .

AN BHEAN NACH RAIBH AICI ACH AN INSINT DHÍREACH

Caoimhín Ó Marcaigh

"DROCH-CHRÍOCH orthu mar bhróga" ar sise agus chrom sí don cheathrú uair chun cnaipe a bhaint as bróg díobh. Bhain sí an bhróg fir go héasca mar nach raibh iall ar bith ann agus d'iompaigh bun os cionn í. Thit meall amach as agus, sular chuir sí arís uirthi í, d'ardaigh sí os comhair a súl é.

"Go ndéana Dia trócaire air agus ar anama na marbh." Thuig sí go rímhaith nár thuill na bróga an eascaine. Ba uirthi féin an locht murar chuir sí iallacha nó píosa téad féin iontu chun iad a theannadh uirthi. Níor rith sé riamh léi go mb'fhiú an stró é. Níor chaith sí na bróga seo ach nuair a bhí sí ag gabháil an tsléibhe lá a mbeadh an féar tais.

Dhírigh sí í féin agus d'fhéach timpeall uirthi sular bhog sí chun siúil arís. Ní raibh ach trí chaora le feiceáil aici. Chaithfeadh sí dul píosa maith eile chun an fuílleach a chruinniú. Thosaigh sí ar an siúl arís. Bean dhíreach théagartha. Ba dheacair a chreidiúint go raibh cúig bliana agus an dá scór aici. Bhí folt bán uirthi faoi choimeád go slachtmhar agus súile domhaine, trócaireacha. Má bhí roic ina héadan agus cnaipí ar na méara bhaineadar siúd ní le haois ach le hátireabh. Ainneoin na mbróg bhí siúl cailín léi, éadroime agus grásta an ghearrchaile inti.

Bhí an cosán ag éirí roimpi go géar, é breac le carraig-

88

eacha agus luachra. Ghlac sí go réidh é. Cad chuige nach nglacfadh? Ní raibh le déanamh idir seo agus am luí gréine ach na caoirigh a thógail níos gaire don bhaile agus deimhin a dhéanamh de nár aimsigh aon cheann gualainn an tsléibhe mar a raibh baol na haille.

An madra a bhí á leanúint ó thús, faoi mar ba nós leis d'fhan sé deich slat ar a cúl, é ag siúl tamall ag sodar tamall, soir siar thar an chosán mar inneall ag fuáil an chosáin ar shlios an tsléibhe. Bhí sé gioblach míchumtha. An síor-náire ina chéim. Na súile gan lí gan lasair. Bhí gaol aige le gach gadhar gioblach sa cheantar. Thógadh sé a cheann ó am go chéile le breathnú uirthi féin ar eagla go dtiocfadh sé suas léi tráth a mbeadh sí ag glacadh sosa. Agus dhéanadh sí sin go minic anois ó tharla nach mbíodh fuadar fúithi. Ba mhinic í lá breá ag breathnú i dtreo an locha thíos fúithi. Níor shíl sí an loch a bheith álainn nó a mhalairt ach é a bheith ina scáthán ionraic ag an spéir. Nuair a bheadh bád sa loch mheabhraíodh sé di a fear féin ag tarraingt ar an teach tráthnóna, gach cnagadh agus gach gíoscán ag teacht chuici aníos. Bhí an cúrsa tomhaiste go maith aici. D'fhanfadh sí ansin go mbeadh Cloch na Caillí bainte aige ansin d'imíodh sí de ruathar síos i dtreo an chalaidh agus bhíodh sí i gcónaí roimhe chun an bád a cheangal dó. Bhí brí sa ghadhar an t-am úd agus ritheadh sé ina fochair, ag glanadh barr na gclaíocha gan dua gan iarracht. Nuair a shroichfidís an pháirc ar imeall an locha chuireadh an madra bocht ag gáire í. B'shin é an móinéar. Bhíodh an gadhar bocht ina mhuc mara ann, in aigéan an fhéir. Faraoir, bhí an madra céanna ag dul ó mhaith le déanaí. Ní raibh splanc ann ach an bogshodar. B'shin an gadhar a chuirfeadh gualainn an tsléibhe de agus a thagadh aniar arís i bpreab na súl faoi mhaidhm caorach agus gabhar. Níor ghá ach an leirg a aimsiú taobh thuas den teach, suí ar an gcarraig bhreac agus orduithe a thabhairt dó ó am go chéile. Thuigeadh sé féin a chúram.

Chuir an sliabh saothar anois air mar ar chuir sé uirthi féin. Ní raibh sé ceart dáiríre cúram a chur air níos mó. Cad eile a dhéanfadh sé mura ndéanfadh sé é seo? Ní raibh sí féin ach oiread i dtuilleamaí na gcaorach feasta. Bhí airgead na hAlban ag teacht chuici go rialta agus idir é agus pinsean na baintrí bhí breis is a dóthain aici. B'annamh a d'admhaigh sí an méid sin di féin bhí sí chomh tugtha sin don mhana lenar oil sí a clann—cruóg an tsaoil agus an droch-lá.

B'fhéidir gurbh é an mana céanna a thug uirthi an braon deireanach a éileamh ón seanghadhar seo nuair a bhí coileán téagartha ar fáil ach é a iarraidh ón deartháir. Cén rogha a bhí aici—an coileán a thabhairt léi in áit an tseanghadhair? Bhrisfeadh sé an croí ann agus níor mhian léi sin. B'fhearr léi deireadh a chur leis ná bheith dímuíoch. Ní hé go raibh sé níos dílse na madra eile. Ní raibh, muis, agus an tslí a n-imíodh sé leis gan chead gan iarraidh ar feadh seachtaine nuair a bhí sé in ann déanamh as dó féin. Is dócha go maireadh sé ar choiníní nó éin nó uibheacha, na seachtainí a mbíodh sé ar iarraidh. Uibheacha ba dhóichí—thagadh sé abhaile tar éis seachtaine agus snas ar a chóta nach mbíodh ar an gcat féin. Ní léiríodh sé fiántas nó alltacht nó doicheall nó leisce ina dhiaidh. B'amhlaidh a bhíodh sé ceansaithe ag an seachrán seo agus dúil bhreise san obair aige. Ba mhinic í féin ag dúil go bhfaigheadh sí ealú óna cuid na laethanta sin. Ó bhí "sé féin" ar shlí na fírinne bhí an cúram go trom uirthi, ó bhuí na maidine go deirge an lae. Ar ball nuair a bhí ciall tagtha chuig na páistí bhíodar in ann cuidiú léi ach bhí achar ann nuair a thabharfadh sí radharc na súl ar sheachtain saor i measc na gcnoc i bhfad ó pháistí, ó eallaigh, ag siúl go héadromchroíoch mar a bhí sí inniu.

Shroich sí gualainn an tsléibhe agus mhothaigh sí feannadh na gaoithe don chéad uair. Chuir sin faobhar ar a hintinn di. Thosaigh sí ag áireamh na gcaorach.

Bhí sin déanta faoin am ar tháinig an gadhar suas chuici. Bhí péire ar iarraidh. Chuir sí a lámh lena héadan le scáth a thabhairt dá súile agus scrúdaigh sí na sleasa maguaird. Ní raibh rian díobh le feiceáil. Chuir sí an bhreis di go bruach na haille agus dhruid sí lena himeall. Ba leasc léi riamh an chuid seo dá saothar—ag lámhacán go dtí go mbeadh radharc aici ar na carraigeacha bagracha faoi scáth na haille. Ainneoin a bhfaca sí de lena saol ní fhéadfadh sí dul i dtaithí ar an chnap mhór bhán, an cloigeann ar iarraidh nó casta siar as a riocht, an rian dúrua ag sileadh go talamh ón mheall tuartha.

A bhuí le Dia, ní raibh a leithéid thíos ann tráthnóna. Bhí an gadhar ag breathnú síos taobh léi ar nós cuma liom. D'fhéach sí air, agus an giobal cíortha siar óna éadan ag an ghaoth, a theanga ag sileadh leis agus é ag siúl dhá chéim soir dhá chéim siar. Meabhraíodh di an óige a bhí sleamhnaithe uaithi. "A Bhuí le Dia" ar sí os ard.

"Cá bhfuil na scraistí, a ghadhair? Gabh siar agus tabhair leat iad."

Shín sí lámh i dtreo na haimhréidhe agus d'imigh an gadhar leis. D'fhan sí ag breathnú air—bhí sé mall ach bhí sé cúramach. Bhaineadh sé buntáiste as gach tulach agus carn. Stopadh sé ró-fhada ar cheann agus ní bhíodh a fhios aici an ag glinniúint a bhí sé nó ag glacadh scíste, agus bheadh uirthi fead fada géar a sheoladh ina dhiaidh.

"Hurú" ar sí, ar ball, nuair a chonaic sí an dá sheachránaí chuici agus an gadhar sa tóir orthu, "tá brí fós ionat." Bhí sí á crá féin faoi na smaointe a bhí aici ó chianaibh ach leáigh an crá agus chruaigh an réasún. Bhí an dá chaora ag imeacht óna chéile agus bhí ag teip ar an ghadhar iad a chasadh ar a chéile arís. Dá mhéid ruathar a thug sé faoi cheann amháin is ea is faide a d'éalaigh an ceann eile uaidh. Ba thruamhéileach a bheith ag breathnú air agus é ag cúrsáil tharstu amhail cú a mbeadh a eireaball briste. Bhí sé á thraochadh in aisce. Ainneoin go

91

raibh ag teip air, agus a fhios san go maith aige, níor
éirigh sé allta leis na caoirigh. Chaoin an bhaintreach an
radharc gur imigh léi de rith chun teacht suas leis an
mhadra cráite i bhfad uaithi. Chaith sí na bróga sa bhfr-
aoch le go bhféadfadh sí an t-achar a chur di níos tapúla.
Mhothaigh sí na clocha ag gearradh na gcos ach is
amhlaidh a thug an phian saighdeadh breise di. Bhí
deireadh leis an gcosán agus b'éigean di leanúint léi tríd
an aiteann an sciorta fada agus an t-aprún á ngreamú
gach re seal sna sceacha. Chuir sí lámh lena com agus
scaoil sí araon iad gan mhoilliú ach léim astu mar a
mbeidís trí thine. Bhí sí ina ruathar reatha anois, ina rud
buile, ar nós ógánaigh floscaithe ag teaspach an chluiche.
Léim sí ó chloch go cloch ag déanamh iontais de nár thit
sí, ag meabhrú laethanta eile.Anois is arís chuaigh cos
léi go rúitín sa phortach nó sa bhféar feoite. Ba chuimhin
léi, agus í faoi lán rith, an óige agus an chéad uair ar thit
sí sa phortach. An blas bréan ar an uisce, na héadaí
bán-donna á dtriomú.

Bhí sí ag druidim leo anois. Chonaic sí caora amháin
sáinnithe ag an ghadhar. Bheartaigh sise díriú ar an
gceann eile. Chomh luath is a chonaic an seanghadhar
an mháistréas chuige chuir sé lena dhícheall agus thiom-
áin sé a chora féin ar cosa in airde i dtreo an chinn eile.
Nuair a bhíodar le chéile arís agus ceansaithe ag an
mbeirt aodhaire casadh i dtreo an bhaile iad.

De shiúl mall réidh a tháinig an bhean. Bhí an anáil á
ciapadh. Tháinig sí suas leis an sciorta, an t-aprún agus
na bróga ar an mbealach, agus chuir sí uirthi iad i
ndiaidh a chéile. Bhailigh sí na caoirigh agus thosaigh sí
á dtiomáint i dtreo an bhaile. Bhí droch-chaoi ar an
mhacra áfach. Is ar éigean a bhí sé ag tarraingt na gcos
ina dhiaidh. Ba iad an drong bheag seo amháin a bhí ag
cur beochta ar shleasa an tsléibhe. Níor chorraigh aon
rud beo ach iad. Bhí an féar féin gan chor as anois ó
bhíodar ar fad ar ais faoi scáth an chnoic. Chaithfeadh

sí rud a dhéanamh faoi.

Rinne sí a machnamh an chuid eile den bhealach abhaile. Chaithfeadh sí an madra a thabhairt trasna an locha an lá dar gcionn.

Nuair a tháinig Mike Joe i ndiaidh an mheánlae chun í a thabhairt trasna chuig a deartháir bhí cathú uirthi gur chur sí fios ar an gcomharsa ar chor ar bith ach ós rud é nach raibh leithscéal fónta aici leis an socrú a chealú ní raibh aon dul uaidh. Chuaigh an madra léi isteach sa bhád mar a rinne go minic cheana ag fiosrú i dtús báire faoin gciseach chláir le súil go mbeadh iascaire tar éis breac beag donn a fhágáil ann ina dhiaidh. Shuigh sé i ngob an bháid, an dá chois ar na gunailí agus a leath deiridh ar an gcéad shuíochán. D'fhanfadh sé mar sin go ceann scríbe mura líonfadh tonn éidreorach a pholláirí le huisce fuar. Shuigh sí féin i gcúl an bháid ag breathnú ar an bhfear ar na maidí.

Is cinnte go bhfanfaidh sé leis an deartháir. Rinne sé cheana é. Chuir gíoscán na maidí tuirse uirthi. Thabharfadh sí ór na cruinne ar an ghnó a bheith curtha i gcrích aici agus í a bheith ag druidim lena caladh féin tráthnóna. Ní raibh ina saol ó bhí a dintiúirí bainte aici ach scarúint le daoine, a fear, a clann, na seanchomharsana. Ní raibh an chruacht tugtha di ag Dia a ligfeadh di scarúint go réidh le duine ná le deoraí. Is cinnte go mbeidh go leor le n-ithe aige thall. Thug an deartháir aire dá madraí agus idir chuid na gcearc agus chuid na muc ní rachadh an seanrud gan greim. D'fhéadfadh sé cabhair a thabhairt freisin gan aon duine a bheith ag brath air.

Bhí gíoscán na maidí ar a haire arís ach an uair seo bhí sí ag filleadh go déanach sa tráthnóna—na maidí ag coinneáil comhcheoil le caoineadh an choileáin. Ní raibh taithí an bháid ag an aodhaire óg seo agus b'fhada leis gach orlach den turas. Shuigh sé go critheaglach i dtóin an bháid na súile ag léimrigh ina chloigeann amhail is dá mbeadh sé idir dhá chomhairle fanacht nó léim sa locht.

Bhí an t-úinéir nua tar éis é a scrúdú ó thosaigh an turas abhaile. Ní raibh deis aici roimhe sin. Fad a bhí sí i dtigh an dearthár bhain an comhrá le col ceathrar a bhí le filleadh tar éis dhá scór bliain sna Stáit le maireachtáil ar a chuid Social Security. Bhí scéal eile aige faoi sheanchomharsa a n-óige a bheith ina chuid bhuan den Forth Bridge anois faoi gur thit sé isteach i stroighin na bunsraithe. D'imigh an tráthnóna go scioptha ar an bhealach sin—an deartháir ag meabhrú gach ar tharla dá ngaolta ó bhí sí cheana ar a thairseach. Ba spéis léi a chaint ach níor bhain sé léi. B'ionann é dar léi agus na scéalta a bheadh ag fear an Raidio faoi thuillte sa tSín nó éirleach san Éigipt. Mhúsclódh cearc ar leathchois sa bhaile níos mó trua inti ná a n-iomlán.

Gheall an deartháir di go gcoinneodh sé an madra ina bheatha. Chuir sé córda ar an gcoileán ag fágáil di agus thug sé síos chuig an mbád arís iad. Tháinig an seanghadhar leo fad leis an gcaladh agus nuair nach bhfuair sé cuireadh dul sa bhád, shuigh sé ar a eireaball ag breathnú uirthi. Fiú nuair a dhruid an bád amach ón gcé bheag gharbh níor éirigh sé. I gciúnas an tráthnóna chuir an bhean sa bhád cluas fhaobhrach uirthi féin le go gcloisfeadh sí an caoineadh ba lú a thiocfadh chuici ón seanghadhar ach bhí díomá uirthi. Ní hé go raibh na cluasa ag teip uirthi. Chuala sí na ba ag gabháil dá gcosa ar an talamh cuasach dhá mhíle ó dheas uaithi.

Bhí sí ag tarraingt ar an mbaile arís. Shílfeá go raibh adhmaint sa sliabh á dtarraingt chuige féin. Agus nach álainn an chuma a bhí anois air, fuílleach na gréine idir bhuí agus dhearg agus í ag cur luisne ar gach a bhain dá gaethe. Níorbh é an feisteas céanna a chaith an sliabh anois agus a bhí uirthi ar feadh an lae. Bhi dath oráiste ar aiteann buí, dúghorm ar an bhféar agus corcra maorga ar tháipéis an fhraoigh. Bhí an croí inti ró-bhog, dar léi, do bhean mheánaosta. Níor imigh sí riamh i dtaithí na háilleachta máguaird. Bhíog sí inniu mar a rinne sí scór bliain ó shin. Bhí sí chomh goilliúnach inniu is a bhí sí riamh, ainneoin creimeadh agus cortha an tsaoil.

D'imigh dhá lá agus dhá lá eile agus d'éirigh an coileán nua as a bheith ag caoineadh san oíche. Chaitheadh sé tamall faoi chiúnas gach tráthnóna ag tafann thíos cois locha agus ba chosúil go raibh sé sásta leis an tafann a tháinig chuige mar fhreagra air. Thuig sé nach san uaigneas a bhí sé agus go raibh comhluadar sa chomharsanacht dá mba áil leis é. Ba é an chéad uair aige é ag éisteacht le macalla a ghutha féin.

"Spreallairín" a thugadh bean an tí air agus í ag déanamh comparáide. Bhí sí uaigneach roimh dul a luí di. Ní raibh dúil ag an gcoileán nua sa tine. B'fhearr leis a bheith thíos ag déanamh ceol beirte.

I gcaol oíche an chúigiú lae mhúscail bean an tí faoi fhearg. Bhí an maistín sin ag tógáil raice sa tsráid. Ansin chuala sí glór buacach agus ba leor sin di. Chaith sí siar na héadaí agus amach léi ar an urlár. Tharraing sí pluid timpeall uirthi agus amach léi chuig an doras. Bhain sí an bolta, d'ardaigh an laiste agus leath an doras. Sheas an seanghadhar ansin roimpi, na saighde anála leis go tréan. D'fhéachadar ar a chéile soicind, an seanghadhar ag déanamh neamhshuim de dhrannadh bagrach an choileáin, an bhean á scrúdú faoi fhaonsholas na gealaí. Bhí droch-chaoi ar an gcreatúr bocht, craiceann thirim láibe ar na cosa, cipíní i bhfastó sa bhfionnadh, a chuid fola leis as créacht a bhí ar a bhrollach. Chúlaigh sí isteach sa chistin agus las sí an Tilley. Nuair a chas sí arís bhí sé féin ina sheanáit ar an tinteán agus an spreallairín anois ag drannadh sa doras. "Scoit" ar sise leis agus phlab sí an doras air. In áit é a thógáil leis an mbuicéad agus an Jeyepine amach sa chlós mar a bhí beartaithe aici thug sí uisce na maidine amach ón gcúlseomra agus dhoirt sí i mbáisín é. Bhí náire uirthi agus í

ag glanadh an chréachta. Cúig mhíle den talamh ba mhea-
sa a bhí sa chúrsa timpeall imeall an locha chuig teach an
dearthár. Bhí gach orlach de siúlta aici an t-am a bhíodar
ag lorg chorp Sheáin an táilliúra agus raic a bháid.
Bheadh na giolcaigh nimhneach an t-am seo bliana,
bhainfidís an smut d'ainmhí ag rith. Bhain sí an láib agus
na cipíní. Feadh an ama bhí súile móra an mhadra uirthi
á ceistiú. Ní raibh freagra aici dó ach shíl sí a tréigint a
chúiteamh leis anois. Chuir sí bia agus deoch roimhe,
fuílleach sicín agus bainne nua. Chuaigh sí a luí agus thit
a codladh uirthi agus í ag éisteacht leis ag iomrascáil leis
na cnámha.

Thosaigh an náire ag borradh arís inti agus í á gléasadh
féin ar maidin. Níor mhó deirge a haghaidh dá mba
dhuine dá muintir fein a bhí sa chistin amuigh. Bhí
boladh an díghalráin go láidir fós sa chistin agus d'oscail
sí an doras. Más mall a d'éirigh an gadhar is moille
a shiúil sé i dtreo an dorais. Is ar éigean a bhí sé
thar doras amach nuair a tháinig a chomharba ag
bagairt arís air. Bhí sé níos dána anois, níos aclaí,
níos cinnte de féin. Thuig sé a ionad sa teaghlach.
Ní raibh meas aige ar sheanaois nó ar laige coirp.
Thabharfadh sé dúshlán an strainséara. Lean an sean-
ghadhar dá chúrsa tuathail timpeall an tí na cosa á
dtarraingt aige mar a bheadh sé i ndeireadh na feide.
Bhí an coileán ag dul le buile anois nuair nach raibh sé
in ann cuthach a mhúscailt ina chéile ceaptha comhraic.
Bhí sé i muinín an ruathair tobainn faoi seo agus an
cúlú géar. In ionsaí díobh chuir sé fiacla go domhain i
ngualainn an tseanghadhair chréachta. Ainneoin na
sceamhaíle péine níor léim sé chun ionsaithe. Chas sé
chuig binn an tí. Chaith sé cos san aer agus scaoil sé a
mhún leis an phinniúr.

Thuig an bhean anois nach raibh sí ach ag cur dalla-
mullóige uirthi féin nuair a chuaigh sí chuig teach an
dearthár. Dá mbeadh leas an tseanmhadra ar a haire aici

dáiríre, dhéanfadh sí bás a imirt air. Ba léir di, nach bhféadfadh sí é a chur chun siúil nó a choinneáil i gcomhluadar an mhadra eile. Dá mbeadh an coileán riachtanach di chaithfeadh sí an seanghadhar a chur chun báis nó ní bheadh nóiméad síochána aige go mbeadh sé ag tabhairt an fhéir.

Má d'fheall sí air trína thréigint i dteach a dearthár ní chlisfeadh sí arís air. Dhéanfadh sí cúiteamh agus féinphionós le chéile. Í féin a chuirfeadh chun báis é. Smaoinigh sí ar mhodhanna maraithe. Ní raibh lusnimh nó eile sa teach agus da mbeadh féin ní thabharfadh sé di é i ndiaidh ar tharla do chait Mhike Joe—leathlá ar bhuille an bháis, na créatúir, tar éis nimh na sionnach a bhlaiseadh. Níor rith an bá léi. Bhain san le díoltas an Chruthaitheora.

Mharaíodh a hathair fadó an mhuc ag an Nollaig le haon bhuille amháin le cúl an tua—aon bhuille amháin os cionn na súl. Níl comparáid idir muc óg fhuinniúil agus an t-othar seo agamsa. An gcoiscfeadh an fionnadh fórsa an bhuille—níl mórán os cionn na súl. B'fhearr poll a thochailt i dtús báire i dtreo is nach mbéarfar orm ag an gcuairteoir míthráthúil.

"Fuair sé bás anseo tar éis dó teacht abhaile ón deartháir thall."

"Caithfidh go bhfuil cumha ort ina dhiaidh—bhí sé agaibh píosa fada."

"Cúig bliana déag san Earrach, lá Chéad Chomaoine an chúpla."

"Tá a coileán agam ach níl tógáil ar bith air."

"Arbh éigean duit féin é a chur?"

"B'éigean, le hais an chlaí thall."

"An créatúr."

Uair an mheán oíche bhí sí ullamh don ghnó nár char sí. Bhí an seanghadhar ceaptha sa chistin, ina luí gan choinne ar an tinteán. Bhí an maistín eile sa bhóitheach agus an doras druidte. Bhí mála mine ann le scaipeadh

97

chun an fhuil a shú dá mbeadh gá lena leithéid. Bhí an tua ar an mbord. Thóg sí ina láimh é agus shuigh sí píosa fada sular chuir sí chun gnímh. Ní raibh sí ar foluain idir dhá chomhairle. Dhéanfadh sí ar bheartaigh sí. Ag smaoineamh a bhí sí ar thréimhse chúig bliana déag, tréimhse a raibh sí ar tí deireadh a chur leis dá deoin féin. Níor chuimhin léi cheana gur chuir sí féin deireadh le ré ar bith dá saol. Go dtí sin ba é an gorta nó an bás nó an imirce a chuir cor i bpatrún a saoil.

Bheartaigh sí an tua agus thug sí anuas ar chloigeann an ghadhair é le hiomlán a croí is a nirt. Bhuail sí é san áit díreach a mbuailfeadh a hathair an mhuc cheangailte. Tháinig uafás uirthi díreach ag an bpointe sin ar eagla go n-éireodh an madra leonta agus go n-imeodh sé ina ruathar timpeall na cistine le teann péine. Ba chinnte nach bhféadfadh sí é a aimsiú arís dá ndéanfadh sé é sin.

Ní raibh baol air. Níor chorraigh an madra; d'fhan an ceann sínte mar a bhí ar na cosa tosaigh. Ní raibh cor as. Bhí créacht bheag os cionn súile air a bhí ag cur fola ach bhí a laghad sin ann go súfadh an fionnadh féin í.

Bhris ar an tocht aici nuair a chonaic sí go raibh an gníomh curtha i gcrích. Leag sí uaithi an tua, thóg sí an mála agus chuir sí ar ais sa chúlseomra é. D'fhanfadh sí go maidin chun an ainniseoir a chur. Bhí an méid sin de chairde ag dul dó. Bheadh sé righin ar maidin agus bheadh uirthi troigh eile a chur leis an bpoll.

Sa leaba di an oíche sin bhí sí istigh léi féin. Ní bhfaigheadh an coileán anois a óige a imirt ar an ainmhí dílis. Spáráil sí an seanghadhar ar dhathacha is ar anbhás. An maireann an intinn beo in ainmhithe nuair a fheonn an corp mar a tharlaíonn le daoine?

Níor fhéad sí gan dul caoldíreach chuig an gcorpán céad rud ar maidin. Bhreathnaigh air agus rug ar chosa air. Ní raibh sé righin nó fuilteach mar ar shíl sí a bheadh ach mheabhraigh sí go raibh tine fós ann agus teas maith sa leac faoina glúin. Nuair a d'ardaigh sí é den talamh thit a cheann siar agus ba dhóbair nár thit an t-anam aisti. Bhí sí i mbéal an dorais nuair a mhothaigh sí bíogadh ann, croitheadh faonlag. Scaoil sí an cnap síos go talamh go cúramach. Thóg sí an ceann agus chuir sí ar ais ar na cosa é. Ansin bhíog sé uaidh féin arís agus as an mbíogadh sin d'fhás meall nó pléascadh i gcroí na mná, tocht cumha agus bróin, náire, buile agus éadóchas ag sárú a chéile inti. Theip ar a fuarchúis don chéad uair ina saol. An rosc righin agus í ag meabhrú bharróg mhic an táilliúra An tsúil thirim os cionn chorp a céile. An ceann go hard ar ché Dhoire. D'éirigh tonn as a croí aníos agus réabadh a béal ag gárthaíl fuíoch rachtmhar. Chuaigh sí go hurlár le taobh an ghadhair, na lámha ag neadú an chinn gach racht goil á croitheadh. Chuaigh lógoireacht thar dhoras an bhotháin amach ar fud an leirg sléibhe ach ní raibh aon duine san uaigneas ach í.

DE PROFUNDIS

Seán Mac Mathúna

AN BHFACA TÚ riamh tincéir a raibh carbhat agus
bóna air? Tá sé fíor-ait. Ní thógfainn air é dá dtiocfadh
sé go dtí an doras, i gcóta eireaballach, mar chuirfeadh
sé sin lena thincéireacht. Ach an carbhat: is iarracht é a
bhaineann de an chomhbhá sin ar a maireann sé féin
agus a leithéid. Conas a dhéanfá é a ionramháil? Conas
a labharfá leis? Bheadh an deighilt sin eadrainn imithe.
Ní bheadh ann ach gnáthdhuine agus sin é an fáth gur
fuath liom carbhait ar thincéirí.

Bhuel, an ceann áirithe seo a bhí i mbéal mo dhorais,
bhí carbhat air. Cá bhfios dom go raibh sé ina thincéir,
an ea? Mar ní chaithfeadh aon duine eile ach tincéir
seanchóta sagairt go raibh an léithe ag ithe leis trí na
lipéid amach. B'shin cúis eile nár thaitin an lead seo liom,
mar bhí mór-is-fiú ag baint leis. Is é duine uasal na
treibhe is túisce a bhaineann an sagart paróiste amach i
gcónaí.

Bhreathnaíos cruinn é. Is nós liom súile strainséara a
bhaint amach ar dtús mar is ann a gheobhair an t-anam
ina shuí. Bhí siad seo chomh donn le dhá shabhran, dath
neamhgnách sa cheantar seo. Ach bhí rud in easnamh
orthu. Diabhlaíocht. An rud a chuireann tú ar do shuaimh-
neas. Bhí siad fliuch chomh maith. Súile boga fliucha ag
sceitheadh ar anam doilíosach. Ach bhí siad mórtasach
iontu féin. Mórtas diamhrach, murab ionann is an mórtas
nádúrtha atá orainn go léir. An tAthair Tadhg anois,

bíonn mórtas air siúd ach ní mór dó a cheann a chur san aer ar eagla nach gceapfá go raibh agus is mór an chabhair aige siúd an hata. Ach an fear bocht seo ní raibh aon hata air. Bhí fochupán snasta de chloigeann air agus rinc ceannbhán olnach a chuid gruaige sa ghaoth timpeall air. Mheas mé i gcónaí nár scar aon tincéir riamh lena mhothall breá rua go dtí lá a bháis. Nuair a chuimhním anois air ní fhaca tincéir marbh riamh. Nó níor airíos riamh teacht thar shochraid tincéara. N'fheadar cad a imíonn orthu? Bhuel, bhí dhá rud eile faoi a thaispeáin go raibh sé ina fhear siúil. (Ní thabharfainn "itinirint" ar dhuine acu go deo. D'fhágfainn é sin faoi bhreitheamh ramhar éigin.) Bhí greim an fhir bháite aige ar bheart go raibh cóip ghioblach den *Ciarraíoch* á chlúdach. Agus na bróga, bhí na lascaí briste amach mar dhá sciathán. Sméid ladhairín aníos orm as an mbairbín clé.

"Tá sé ina shamhradh" arsa mise leis. Níor oscail sé a bhéal beag docht.

"An bhfuil tú ag triall ar Phoc?" arsa mise arís, ag faire ar a cheannaithe préachta.

"An go Cill Orglain atá tú ag dul?" Bhí ag briseadh ar an bhfoighne. Bhraitheas na súile ag dul tríom.

D'éiríos den chathaoir agus rinneas iarracht ar iomairí an tsúgáin ar mo thóin a bhogadh le mo láimh. B'shiúd liom go leisciúil chun an dorais.

"Tae nó siúcra atá uait?"

D'fhéach sé orm.

"Ní bhfuair balbhán puinn riamh" arsa mise go giorraisc leis. Ní túisce é ráite agam ná bhí cathú orm. Chuala saghas glothair ina scornach ach b'shin an méid. Tháinig dhá bhullán-súil le himpí air.

"Gabhaim pardún agat, a dhuine mhacánta" arsa mise go fíorbhrónach. "Cad ab áil leat díom?"

Shín sé a lámh go tapaidh soir. Bhí an-phráinn ar a gheáitsí.

101

"Maise cad tá i gceist agat in aon chor? Cad tá thoir ach Cill Áirne, nó Coill an Fhíona nó an Ló nó . . ." Gheit mo chroí. An Ló.

"Téanam ort" arsa mise leis agus ghlanas an tsráid síos go dtí an geata beag. Rugas ar théad agus as go brách liom ar mo shainrith an clós amach. Ar mo ghabháil dom thar an dair mhór is ea chuala an seantincéir i mo dhiaidh ag sleamhnú go tuisleach ar na clocha cabhsa is ar an mbualtrach. Samhradh beag na Féile Mhíchíl a bhí ann agus bíonn tuile sa Ló um an dtaca sin i gcónaí. Shamhlaíos lán carabháin de thincéirí istigh inti agus ghéaraíos ar mo rás.

Bhíomar sáraithe faoin am go rabhamar ag gabháil trí Choill an Fhíona agus na préacháin ag filleadh abhaile tar éis ghadaíocht an lae. Cé go raibh a gcuid scréach ag dul go smior ionam bhí búiríl an Ló níos airde fós Thugas sracfhéachaint taobh thiar díom ag cur tuairisc an tincéara. Bhí sé ag sodar leis ar a chromaruathar agus a theanga amuigh le saothar.

Thugas seáp faoi bhruach na habhann agus tharraingíos mé féin aníos ar éigin. Beithíoch donn mire ab ea an Ló ag gluaiseacht le fraoch, agus geoin a bradaíochta go hard sa ghleann. Bhraitheas an tincéir ag lamhacán i m'aice.

"Ní fheicim faic. Cá bhfuil siad? Cad a tharla?" Bhí sceimhle cheart orm agus bhí gaiseá sna focail. Bhí cuma na hainnise air siúd, é bolg-shúileach le teann rásaíochta. Mar sin féin tháinig an beart slán on suaitheadh. Bhí sé ar a ghlúine anois agus d'fhéach sé isteach sa rud buile sin an Ló a bhí ag imeacht de bhéimeanna ina rua-shruth. Bhí an bruach ar sonachrith mar in áit éigin istigh sa rabharta bhí carraigeacha móra ag bualadh, ag briseadh is ag tiomáint leo fan an ghrinnill.

D'éirigh sé ina sheasamh agus gan fiacail a chur ann shín sé a lámh soir go hard san aer. Leath mo bhéal orm.

"Íosa Críost na bhflaitheas, an go Corcaigh atáimid

ag dul? Cad tá uait in ainm an diabhail?" arsa mise go crosta leis. Bhí an tráthnóna ag dul amú orm i dteannta an ainniseora seo. Bhí scáth agus impí trína chéile ina aghaidh. Thriall sé miongháire orm agus is dócha gur oibrigh sé. Lean mé treo a láimhe. An Tosach a bhí i gceist aige gan dabht. Ós rud é nach raibh sé i bhfad uaim phreabas chun siúil.

"Seo leat" arsa mise mar a déarfá le gadhar. "Ach caithfidh sé bheith go maith."

Log is ea an Tosach mar a bheadh póca veiste ar bhrollach an tsléibhe. Chromas i gcoinne an aird agus ionadh orm go raibh sé á dhéanamh agam in aon chor. Ghéaraigh an fhána. Taobh thiar díom chuala anáil throm an tincéara, stathadh agus stracadh a lámh ar an bhfraoch, ingne ag scríobadh na gcarraigeacha agus rásaíocht na gcloch beag le fána.

Go hobann bhíomar ann ag gabháil thar bhéal an Tosaigh isteach. Cibé neart a bhí fágtha ionam scaipeas é ag iarraidh mé féin a shábháil ar tharraingt na fána istigh orm.

Ní raibh puinn le feiscint in aon áit ach na galláin mhóra atá ina seasamh ann le cianta.

"Maise, a chonách sin ort, a óinseach" arsa mise liom féin. Chaitheas mé féin ar mo bholg agus ligeas do chumhracht an fhraoigh bhoig banaltras a dhéanamh ar mo mhí-shástacht. D'fhanas ansin ar feadh scathaimh ag éisteacht le sracadh m'anála ag dul i míne.

Ní foláir nó ba é gaothraíl an pháipéir sa chrann cuilinn a thug orm mo cheann a thógaint. T'anam 'on diabhail ach thóg mé sceit i gceart. In aice le carraig an Aifrinn bhí sagart feistithe in ailb mhór bhán, a dhroim liom agus a ladhair chnámhacha leata chun na spéire. Ag bun na haltóra bhí seanchóta ar an talamh agus bhíomar ar lic na hoíche beagnach.

Gealt, sagart, diabhal. Bhrúigh na focail ar a chéile i mo mheabhair. Trí nithe nach mór eatarthu i measc mhuintir na tuaithe. Bhí taom uaignis ag teacht orm mar bhí drochcháil ar an Tosach i seanchas na háite. D'éiríos go mall is d'fhair mé an taibhse seo arís. Líon an ghaoth an ailb, rud a chuir cuma an fhathaigh air. Bhí gach aon saghas rud ag dul sa rás i m' aigne—Péindlithe, ceann mactíre, glamaíl na gcon, cótaí dearga, fuil shagairt doirte ar shneachta na habhlainne, agus saircriléad. Reoigh an focal deiridh an fhuil ionam.

Chas an duine ag an altóir timpeall go grástúil. Is ar éigin a d'aithin mé an aghaidh. Bhí an ainnise agus an neirbhís imithe agus ina n-áit bhí iontaoibh cheannasach. Bhí a bhéal chomh daingean leis an leac eibhir ar a raibh sé ina sheasamh. Ghearr sé fíor na croise air féin go breá socair.

"I nomini patris et filii et spiritui sancti." Phléasc na focail amach trí dhamba an bhalbháin. Bhí siad toll, réidh bodhar. Bhain siad stangadh uafásach as an gciúnas, as na galláin agus asamsa. Dá bhféadfadh seanfhear léiciúil mar sin labhairt in aon chor lena mhuineál seang banúil is a bheola tanaí, bheifeá ag súil le méileach ghabhair uaidh.

Ní raibh sé ach deich slat uaim ach bhraitheas lasc an údaráis ina shúile. Bhí sé mar a bheadh amas gunna ort. Mhothaíos na súile do mo chuardach, do mo thástáil, ag tolladh go smuasach ionam agus de réir a chéile ag fáil máistreacht ar sheachrán buile m'aigne. Bhíos i mo íobartach altóra, do mo ofráil suas ag gealt do na sean-Déithe ocracha.

Bhagair sé orm i leith chuige. Shín sé an lámh eile faoi bhun na haltóra. N'fheadar cad a thug orm rud a dhéanamh air. Arbh é cumhacht a shúl é, nó tuirse mo chnámh, nó an amhlaidh ar thuigeas gur ceart cead a chinn a thabhairt do dhaoine mar é? Dhruid mé maolchluasach go leor go dtí an leac atá ag bun charraig an aifrinn. Bhí an bheirt againn ann le chéile. Chrom sé a cheann.

"Introibo ad altare Dei". Thug na focail alp ar an aer.

Focail ba ea iad nach gcuirfeadh suas le haon righneas freagra.

"Ad Deum qui laetificat iuventutem meum." Is ar éigin a d'aithníos mo ghuth féin.

"Iudica me Deus" ar seisean agus mar sin de. Scaoileas le "Quia tu es deus fortitudo mea." B'shiúd leis an mbeirt againn focal ar fhocal ar thóir a chéile síos trí na hurnaithe agus gach aon mhacalla againn as an Tosach.

Bhí coimhlint cheart ar siúl i m'aigne. Bhí a fhios agam nach raibh sé seo ceart ach bhí sort eagla orm roimh an duine seo i m'aice. Mar sin féin is breá mar a théann focail i bhfeidhm ort, go mór mór focail líofa na Laidine. Bhí siad ag maolú ar mo scáth.

D'fhéachas i leataobh air. Bhí agaidh chráifeach an díthreabhaigh air gan puinn corrabhuaise air. Ba dhóigh leat air go ndéanaimis é seo le chéile gach re lá. "Tá go maith" arsa mise liom féin, "nóiméad amháin eile agus fágfad an tAifreann maide seo, an saicriléad seo."

Bhí sé ag gearradh leis tríd an *Confiteor*. Measaim gur baineadh tuisle as anseo is ansiúd ach threabhaigh sé leis. Nuair a tháinig sé ar an ngiota sin "Mea cupla, mea culpa," bhuail sé a bhrollach trí huaire le teann dúthrachta. Rinne sé ró-láidir é. Bhuail taom casachtaigh é is ba bheag nár thacht sé é féin. D'fhéachas air agus ionadh an domhain orm. Duine daonna ba ea é tar éis an tsaoil. Á rá is gur ligeas dó siúd scáth a chur orm. A leithéid. Thuigeas láithreach a áiféisí is a bhí an scéal agus bhris ar bholg an teannais. Chuireas siodgháire asam ar dtús agus ansin scairteas amach i gceart. Agus b'shin mar a bhí againn. An cléireach sna tríthí agus an rógaire sagairt ag tabhairt na gcor nach mór.

Tháinig suaimhneas orainn faoi dheireadh. Sracfhéachaint dar thugas cliathánach air is ea chonac chomh gortaithe is a bhí aghaidh mo naoimh. Is beag nach raibh sé i riocht goil. Ghlac trua dó mé is chuireas cuma na maitheasa orm.

105

"Mea culpa, mea culpa, mea maxima culpa," ar seisean go socair, réidh, fuaimintiúil. Ar ais nó ar éigin bhí sé chun breith arís ar an tsollúntacht a scaipeamar. Chuireamar críoch leis na hurnaithe agus shiúil sé go státúil suas go dtí an charraig.

Bhuel, go ndéana dia trócaire ar m'anam ach bhí an tAifreann oscailte againn. Agus b'shin é an oscailt againn. Agus b'shin é an oscailt bhacach. Is baol liom nár thugas an Laidin slán liom. Bhí mo chuid Laidine ar salann i m'aigne le blianta fada, is é sin on uair a d'fhoghlaimíos ó mo dheartháir Dónal é. Cléireach maith Aifrinn ba ea é agus is minic a bhínn in éad leis thuas ansin os comhair an phobail, ar scáth na háltóra, ar scáth Dé. Bhí luí chun na Laidine ionam i gcónaí. Ar ndóigh bhí mo sheans liom anois.

"Dominus vobiscum".

"Et cum spiritu tuo." Thaitin an giota sin liom. Ritheadh sé chomh furasta liom.

Bhí an Eipistil á léamh aige anois. B'fhéidir gur léigh sé as an aiteann é nó as an spéir nó as méirscreacht na háltóra acu cibé acu é, léadh le deabhóid é. D'éalaíodh corrfhocal os íseal as mar shiosarnach phiachánach na tuí.

Bhíos ag cíoradh mo mhachnaimh féachaint cad a dhéanfainn dá ndéarfadh sé "Deo Gratias" toisc leabhar a bheith in easnamh orainn.

Ach ní dúirt. Ghluais sé trasna na háltóra agus stiúir air, mar thuig sé go raibh jab maith á dhéanamh aige.

Bhí dínit easpaig air ag oscailt an tsoiscéil dó, ach de réir a chéile ghéaraigh an dúthracht ar ghluaiseacht na bhfocal gur scaoil sé sa rás ar fad iad. Lean na "nostrum" na "horum" agus lean na "nomini domini" a chéile. B'shiúd na focail go léir sa tóraíocht ag cur macalla suas, gach aon "titudo" is gach aon "paremus" ag léimrigh de na galláin. Tháinig an Laidin bhreá sheolta ina tonnta as ag baint cliseadh as an sliabh. An Laidin bhreá Ghaelach á labhairt le cinseal, ag sciomradh an aeir. D'fhág sé na préacháin i gCoill an Fhíona ina dtost. Na diabhail bhradacha dhubha sna crainn, mar smaointe an oilc ar an aigne, sciúir purgóid na Laidine iad, thacht sé a ngliogar iontu.

Bhí ciúnas ann anois ach bhí múisiam an tráthnóna ag dul i gcrónacht. Ba ghearr go mbeadh an oíche sa mhullach orainn. Ní rabhas chomh socair im aigne leis an sagart faoin a raibh ar siúl againn. Ach dúirt liom féin nar throimede an saol peacaín amháin eile.

Bhí sé rud beag sáraithe ag riastradh an tsoiscéil anois ach bhí rith an ráis leis agus bhí a fhios aige. Chas sé is bheannaigh sé an pobal. Bhí sé sásta.

Chrom sé síos ar charraig an Aifrinn agus bhain sé póg as an eibhear garbh, póg fhada shúraic. Bhí na lámha altacha ag glámadh na háltóra ag an am céanna, na hingne ag scríobadh leo.

Nuair a sheas sé aris bhí a chorp ar crith le déine na póige. Chuir sé de as an Laidin arís. Déarfainn go raibh focal ar lár aige anseo is ansiúd ach d'imeodh rith focail ar an sagart paróiste féin.

Ní raibh puth gaoithe ann anois agus bhí a thoirtín seang slogtha ar fad ag an ailb mar a bheadh gearrchaile i ngúna a máthar. Bhíomar ag druidim leis an gcoisreacan Chuaigh mé ar mo ghlúine don chéad uair. Líomh raspa an eibhir iad. Ba bhreá liom cloigín a bheith agam agus cling a bhaint as anois is arís. Ach mo léar ní raibh, ná aon chailís aige siúd.

D'fheac sé a ghlúin go talamh, d'éirigh is d'ardaigh a dhá láimh os a chionn. Leath mo dhá shúil orm le huafás. Bhí an abhlainn naofa in airde aige. Ach nuair a d'fhéachas níos cruinne air is ea a thuigeas nach raibh ann ach leathchoróin agus glioscarnach lag an tráthnóna air. D'fhan sé mar a bhí aige. D'fhéachas idir a dhá láimh siar amach is chonac Corrán Tuathail ina spuaic dhaol-dubh greanta ar dhearg-shruth na spéire. Ní ciúnas a bhí ann a thuilleadh ach tost mífhoighneach faoi mar a bheadh an sliabh uile ag feitheamh leis. D'fhéachas thimpeall is d'fhéach pobal na ngallán is an aitinn ar ais orm. Bhraitheas nach rabhamar inár n-aonar.

"De profundus clamavi ad te" ar seisean os ard agus maidhm na bhfocal á thachtadh. Tháinig an macalla ar ais chugainn chomh toll le bodhrán arís is arís go dtí gur trádh siar isteach i mbolg an tsléibhe é.

Chuala cling na leath-chorónach ar an altóir. Bhain sé crith asam. Bhí an fuacht a bhí ar a choimeád thuas sna sléibhte ar feadh an lae chugainn anois. Mheasas go bhféadfainn é a chloisint ag sleamhnú anuas de dhroim carraig, fraoch is aiteann, ag líonadh na log is na ngleann

Bhraith seisean leis é mar chuir sé meaig air fein, is bhain na reatha as an Aifreann. An seantincéir fústrach a bhí ann arís, flosc agus giodam chun saothair air, ag gearradh fíor na croise is ag séideadh ar a mhéara. Rinne mé iarracht ar na freagraí a choinneáil leis ach bhíodh tosach aige orm i gconaí. Scinn sé tríd an soiscéal deiridh agus chríochnaigh sé ar rois *gloriam*. Chuir mo *Deo Gratias* clabhsúr leis an Aifreann.

Rinneas miongháire leis ach ní fhéadfadh aon gháire go deo an chráifeacht a bhí ar a bhéal a bhogadh. Fairis sin bhí sé sáraithe ag gaisce na Laidine. Mura mbainfinn an ailb de bheimis ann go deo. Rugas ar láimh leis is sheolas mo rábaire sagairt den chnoc anuas. Mura mbeadh na cóngair agam bhéarfadh an oíche amuigh orainn.

Shuigh sé cois tine ina chnóisín gan focal as agus a ladhail leata chun na gríosaí. Ní raibh aon ghá le focail as, as Laidin nó as Gaeilge. Thuigeamar a chéile is bhíomar buíoch dá chéile ar shlí go mba dheacair é a mhiniú. Ach b'fhéidir go dtuigfeá níos fearr é dá mba bhean tú, bean tuaithe, agus baintreach.

Thángadar i veain ina choinne go déanach san oíche agus thógadar uaim mo rógaire easpaig, mo thincéirín.

DUINE DARBH AINM TRISTESSE

Gabriel Rosenstock

CHONAICEADAR A CHÉILE lasmuigh de *Réalt an Iarthair*. Ba dhóbair dó gan í a thabhairt faoi deara in aon chor, na cosa ag imeacht faoi, lán go béal le portar, lán de ghliondar croí, an saghas áirithe meanman (bhí a fhios aige) nach maireann thar uair an chloig.

Stán sé uirthi go dtí gur tháinig sí, diaidh ar ndiaidh, i bhfócas mar a bheadh teampall luascach ag gabháil coirp sa cheo.

"Dia dhuit, tú féin atá ann."

"Dia is Muire dhuit," ar seisean os íseal.

Sheas sí ar leathchois ag cogaint a béil íochtair. Aonarach. Rud ag fanacht le síoraíocht. An rachaidh sí abhaile caol díreach? An stopfaidh sí tamall chun cainte?

Beirt sa chathair. A bhí mór lena chéile, tráth. Ag cur aithne shúl ar a chéile arís. Eisean súgach. Ise ag siocadúireacht. Dhruideadar níos gaire dá chéile.

"Tá an geimhreadh chugainn," ar seisean.

"Tá," ar sise is chuir sí a lámha i bpócaí a casóige. D'fhéachadar ar an slua ag fágaint an tábhairne.

"Sea, na laochra . . . d'ólais féin do dhóthain anocht is dócha," go leath-údarásach, cuimhní ina ceann ag éirí níos soiléire, níos bagraí.

Bhí fuadar, gáire, béiceach, cogar is caitheamh amach ina dtimpeall.

"Mo mhallacht ar an sean-rothar seo," arsa duine de bhuíon an tsubhachais.

"Gabh CIE," arsa fear an tábhairne leis agus dhún sé an doras ina dhiaidh.

Bhí an slua ag scaipeadh ina nduine is ina nduine. Bhraith an bheirt tiús na hoíche in aice leo. Bhí fear an rothair fós ag fústraíl. Chualadar fothrom an innill dhúisithe faoi dheireadh, liú, agus as go brách leis, deatach taobh thiar de i ngach áit. Rúisc ón rothar is é ag imeacht uathu nó gur cailleadh é i nglisiam cathrach, an solas deiridh ag dul i gcéin.

Beirt agus síocháin scanrúil faoi na réaltaí. Mhothaigh sé rud éigin aisteach ina chliabh—focail fhiáine gan chruth. Bhí a hanáil mar ribín san aer. D'fhéadfá é a fhilleadh suas le cur i do phóca.

"N'fheadar anois an mbeimis ag dul sa treo céanna?"

"N'fheadar," ar sise. "Cá bhfuil tú ag cur fút i mbliana?"

"Bím oícheanta i dTeamhair is ar maidin i lár Thír Eoghain."

"Oireann Teamhair go breá dom."

An chéad scairt gháire. Bhogadar leo.

"Ar dheinis aon rud ait le linn an tsamhraidh?"

"Faic . . . mharaíos giorria . . . seachas san ní féidir liom cuimhneamh ar aon ní eile . . . ag ithe, ag ól, ag caitheamh dairteanna . . . is tú féin?"

"Bhíos sa Fhrainc."

"Cá háit?"

"Lyon."

"An-deas leis a déarfainn."

Ní raibh aon ní eile ar domhan uaidh ach gach ball éadaigh a bhaint di, féachaint an raibh dath na gréine ar a corp.

"Ní mór dom a rá go bhfuil an rian sin ort . . . sofaisticiúil, má thuigeann tú leat mé."

"Caith uait na focail amaideacha sin."

"Abraímis mar sin go bhfuil cuma shlachtmhar chríochnaithe ort."

110

"Déanfaidh sin. Feicim gur tú an plámásaí céanna . . .
ach lean ort, nílim á rá nach dtaitníonn sé liom, anois is
arís."

"Conas nach bhfaca mé níos luaithe sa téarma tú?"

"Mar nach mbíonn tú riamh ag na léachtanna is
dócha."

"Ní hea, istoíche atáim á rá."

"Táim an-ghnóthach ar fad i mbliana. Tugaim *grinds*
do chailín sa chéad bhliain."

"Fraincis?"

"Ní hea—Judo!"

Níor gháireadar. Bhí sé ag tógaint dhá thaobh an
chosáin leis. Bhí ionadh uirthi nuair a bhraith sí a lámh
féin ag dul thar a chom.

Beirt. Nó b'fhéidir triúr. Eisean, ise agus duine darbh
ainm Tristesse a ghaibh ina dteannta, uaireanta ag
fanacht tamaillín siar uathu sa dorchacht, uaireanta eile
ag dul rompu mar threoraí, níos minic fós gualainn ar
ghualainn leo. Mhothaigh sé an láithreachas seo cheana.
Bhí míniú air—caithfidh go raibh.

"Cogar . . ."

"Sea?" ar sise.

"Tá cúpla buidéal cider agam san árasán—i
dTeamhair—"

"Féach, sula ndéarfaidh tú a thuilleadh . . ." Bhí stad
ina guth, i bpreab na súl bhí na comharthaí sóirt go
léir uirthi.

"Sula ndéarfaidh mé a thuilleadh . . . sea?"

"Dearmad é . . . níl an chaint ag teacht chugam
anocht . . ."

Bhí oíche fhada rompu. Seachtain, b'fhéidir. Ní
dúradar oiread is focal eile, ar eagla nach leanfadh an
lúcháir go doras an árasáin féin. Choimeádar iad féin
faoi ghlas go dtí gur sceitheadar a bhfolús ina chéile.

Phóg sé a corp. Dhúisigh sí. Shamhlaíodar go raibh
smúráil éigin amuigh sa chistin. "Luch?" ar sise agus

111

d'imigh sí faoi na bráillíní. Chodail sí arís.

Bhí seisean lán ina dhúiseacht, ag caitheamh toitíní ceann i ndiaidh a chéile. Ar bharr a éadain bhí substaint ann, ola ghruaige nó allas. Rith smaoineamh greannmhar leis. Níor chorraigh sé.

Tá Monsieur Tristesse ag ullmhú bricfeasta dúinn.

CONAS A THARLA NÁR SCRÍOBHAS LEABHAR A BHUAIGH DUAIS AN CHLUB LEABHAR I mBLIANA

DÓNALL FARMER

BHÍ GRIAN AN Fhómhair go hálainn an mhaidin sin. Bhí dhá mhála agam, me i mo shuí ar cheann acu ag stad na mbus. I mo phóca bhí B.A. (Hons.), M.A. (le críochnú) agus ocht bpunt. Bhí mé ar mo shlí go Sasana don chéad uair.

Post a bhí uaim—aon phost. Ach thairis sin, clú agus cáil—agus airgead. Bhí bliain dhearóil caite agam ag gabháil—nó, ag ligean orm a bheith ag gabháil—do dhianstaidéar ar chlasaicí an MheánBhéarla, mé cráite ar feadh na huaire ag easpa airgid, mé ar buile toisc nár thuig aon duine feabhas m'intleachta, méid mo chumais mar literateur, fiúntas mo chuid tuairimí faoi gach gné den saol. Chruthóinn a mhalairt dóibh. Thall ansin i measc na nGall níorbh fhada go n-aithneofaí ard-dhrámadóir, nó ard-scríbhneoir nó ard-aisteoir ionam.

Bhí plean agam. Gheobhainn post éigin a choimeádfadh beo mé i dtreo is go bhféadfainn a bheith ag scríobh liom san oíche nó ag glacadh páirte i ndráma le grúpa éigin. Bheinn sásta le páirteanna beaga i dtosach, dar ndóigh.

Fuaireas post. Post múinteoireachta a bhí ann i meánscoil Chaitliceach i mBirmingham inar oileadh buachaillí agus cailíní le chéile. Níor Grammar School é seo ach meánscoil dóibh sin nach raibh éirimiúil go leor do na "scoileanna gráiméir". Cuireadh ag múineadh Béarla agus Matamaitice—agus Teagasc Críostaí mé do ɪang an Tríú Bhliain.

113

Sheol an tArdmháistir chun an ranga an chéad lá mé. Feai téagartha ba ea é a raibh na blianta caite aige mar fheirmeoir caorach san Astráil. Bhí cáilíocht san Oideachas aige ó choláiste oiliúna iargúlta éigin. Bhí dhá dhorn mhóra aige chomh maith. Ba riachtanaí iad sin mar cháilíocht don phost, mar a fuaireas amach ina dhiaidh sin.

Rang deas, dea-bhéasach a bhí romhainn. Chuir an tArdmháistir in aithne don rang mé agus dúirt leo nár chóir dóibh a bheith drochmhúinte ach a gcuid oibre a dhéanamh go críochnúil. Chas sé chun imeachta agus dúirt de chogar liom "'ave a go son!" D'imigh sé.

Thosaigh an chaint. Bhí gáire nó dhó óna buachaillí agus corrfheadaíl ó na cailíní. Buachaillí? Ba dhealrathaí le fir cuid acu, iad níos cleachta ar lann rásúir ná mar a bhíos féin. Ba é seo é, mar sin. Daniel i measc na leon. D'fhéachas timpeall. Bhí roinnt de na cailíní ag rá "ú" agus "á". Chuala mé duine amháin acu, ar a laghad, ag rá "Tá sé go hálainn". Pé ní fúm-sa, bhí cuid acu sin go hálainn. . . .

An Modh Díreach

"Ciúnas" arsa mise, ach theip ar mo ghuth. Dúirt mé arís é ach béic a tháinig uaim an turas seo. Bhain sé preab astu. Bhain sé preab asam féin. Níor labhair aon duine againn ar feadh tamaill.

Thosaíos arís. "A bhuachaillí" a dúirt mé ("hurray" óna cailíní) "agus a chailíní" ("hurry" óna buachaillí). Bhí orm rud éigin a dhéanamh agus sin a dhéanamh go tapaidh. Leagas mo shúil ar an mbuachaill ab airde orthu agus shíneas mo mhéar ina threo. "Tusa" arsa mise, "tar anseo". D'éirigh sé agus é ag gáirí. Thosaigh an rang á ghríosadh. Tháinig sé i mo threo. Bhí sé ar a laghad ceithre orlach níba airde ná mé. Ní raibh aon dul as. Nuair a bhí sé troigh go leith uaim, dhúnas mo shúile agus thugas clabhta faoin gcluais dó. Dúirt mé leis suí síos agus shuíos féin taobh thiar den bhord, go dtí go stopfadh an ciiothán i mo ghéaga.

Ar a haon déag a chlog scaoileas an rang amach chun sosa agus chuaigh mé faoi dhéin sheomra na múinteoirí. Éireannaigh ba ea roinnt acu agus d'fhear siadsan fáilte romham. Bhí na Sasanaigh dea-bhéasach liom ach ba é a bhí le léamh ina súile ná "Hu! Paddy eile". Ba chuma liomsa. Bhí éirithe liom Sasana a bhaint amach agus post a fháil. Níorbh fhada anois go mbeadh airgead agam agus ar deireadh caoi chun mo mhianta "ealaíonta" a shásamh Bheadh saoirse agam agus suaimhneas.

Bhí orm áit chónaithe a fháil i dtosach. Tar éis tamaill d'éirigh liom "árasán" a fháil. Bhí leaba ann agus bord. Bhí dhá chathaoir ann, cupard beag agus pláta leictreach. I lár an urláir bhí ceithre throigh chearnacha spáis. Ó bhuel, bíonn gach tosú lag.

Modh Queensbury

Ba é an t-ábhar ba mhó agus ba ghnáthaí a bhíodh i seomra na múinteoirí ar scoil ná an gá a bhí le modhanna nua oideachais. Bhíodh "feachtais" ar siúl ag na múinteoirí; bhíodh "téamaí" á leanúint ag na daltaí. Níor ceadaíodh aon obair baile a thabhairt dóibh ná lámh a leagan orthu chun smacht a chur i bhfeidhm. Maidir liom féin, pé ar domhan é, d'imigh gach teoiric acu san an fhuinneog glan amach nuair a shiúlas isteach sa rang. Ba bheag an éifeacht a bhí i "bhfeachtais" nó i "dtéamaí" agus duine ag plé le hógchiontóirí.

Lá amháin, b'fhéidir, bheadh buachaill as láthair. Ar fhiosrú dom cén fáth, seans go gcloisfinn gur gabhadh é ag na póilíní an oíche roimhe sin i dtaobh an "jab" a rinneadh ar an teach tábhairne le déanaí. Nó b'fhéidir, lá eile, chloisfinn go raibh an cailín dea-chumtha sin a bhíodh sa tríú binse "i dtrioblóid" agus nach mbeadh sí ar ais go ceann tamaill. Lá eile fós bheadh an tArd-mháistir isteach chugainn ag iarraidh a fháil amach cé stróic na slabhraí as an leithreas. Teoiricí!

115

Modh Cavendish

Ní raibh ag éirí aon phioc níos fearr le cúrsaí san árasán a bhí agam. I dtosach, d'fhanfainn istigh beagnach gach oíche, ag léamh tamall nó ag iarraidh béile trí chúrsa a ullmhú ar an bpláta leictreach. Ar ndóigh, bhíodh an chéad dá chúrsa chomh fuar le cloch sula mbíodh an tríú ceann ullamh. Ansin, diaidh ar ndiaidh, thosaigh clástrafóibe ag cur isteach orm. Smaoinigh mé ar leabhar a léigh mé i bhfad roimhe sin faoin bhfeachtas ar an Kon-Tiki. Bhí an sórt céanna faidhbe ag na daoine sin agus chuimhníos ar an leigheas a bhí acu air. Gach oíche, mar sin, d'athraíos leagan amach an troscáin sa seomra. Oíche amháin bheadh orm dreapadh thar an leaba chun an doras a shroicheadh; oíche eile, chuirinn cathaoir in airde ar an mbord agus shuínn ann ag léamh (ní raibh an solas rómhaith, ach oiread). Trí na seifteanna sin, d'éirigh liom an "mens" a choimeéd "sana" ionam féin. Ach tháinig an oíche nuair nach raibh aon seift nua fágtha agam. Ní raibh ach rogha an dá dhíogha ag muintir an Kon-Tiki—an rafta, nó an fharraige mhór. Ar a laghad, bhí an pub agamsa; is ann a chuaigh mé as sin amach.

Bhí sé de dhualgas orm gach Déardaoin buachaillí an Ceathrú Bliain a thógaint amach go páirc an imeartha agus féachaint chuige go raibh cluiche bríomhar sacar acu don tráthnóna. I lár an tsamhraidh ní cathair dheas í Birmingham. I lár an gheimhridh, is geall le ceann de na cathracha iargúlta sin í go gcuirtear peacaigh pholaitiúla chucu sa Rúis. Bíonn an spéir liath i gcónaí, bíonn an ghaoth feannaideach. Bhí páirc an imeartha ar ardán agus gan fothain ar bith ann.

Ba chuma leis na leads seo agamsa. Amach leo gach Déardaoin ag poc-léimrigh dóibh féin, ag rith agus ag rás i ndiaidh na liathróide. Maidir liomsa, an Máistir Lúthchleasa, ní ligfeadh náire dom "togs" a chur ar mo ghéaga loma i measc na bhfathach óg úd go raibh téagar agus meáchan fir iontu uilig. Sheasainn cosúil le meall leacoighre i lár na páirce, mo chóta mór orm, carbhat casta thart faoi mo mhuineál agus feadóg idir mo bheola reoite. Ní dea-shampla a thugas d'aos óg na Breataine.

Bhíos éirithe an-chairdiúil um an dtaca seo le Eric, an lead gur thugas an clabhta dó an chéad lá a ndeachaigh mé isteach sa rang. Théadh sé ar theachtaireachtaí dom agus bhímis coitianta ag caint faoi chúrsaí an tsaoil. Lá amháin bhí sé as láthair. Gabhadh ag na póilíní é an lá roimhe sin agus é ag briseadh isteach i dteach.

Modh "Mac"

Lánúin mheán-aosta ba ea na daoine gur leo an teach ina raibh an t-árasán agam. Ní raibh aon pháistí acu— ach "Mac". Tarbh-bhrocaire ba ea "Mac" agus dar le fear an tí, mac mic ba ea é leis an tarbh-bhrocaire a fuair an chéad duais i gComórtas Madraí Uile-Shasana cúpla bliain roimhe sin. Bhíodh fear an tí ag caint leis an mbeithíoch seo. Ní fheictí domsa go mbíodh aon ní á rá ag an madra ach de réir dealraimh, bhíodh sé ag stealladh cainte uaidh mar bhíodh mo dhuine ag aistriú dom—

"Cad é do thuairim faoi sin, Mac?" a deireadh sé.

Ciúnas.

"Ó, tá sin i gceart, a deir Mac" a deireadh fear an tí arís.

Oíche amháin bhíos ag glacadh mo chuid tae in airde staighre agus tháinig fear an tí chugam. Bhí sé féin agus a bhean ag dul amach chuig na pictiúir agus bhí fáilte romham dul síos agus suí feadh na huaire cois na tine, le Mac. Níor mhaith leo é a fhágáil ina aonar . . . Is mó oíche a chaitheas mar sin ina dhiaidh sin, mé i mo shuí go neirbhíseach cois tine agus faitíos an domhain orm bogadh ar eagla go léimfeadh an madra allta sin orm agus go ngreamódh sé don urlár mé. Roimh i bhfad thugas faoi deara go mbínn ag gabháil mo leithscéal leis nuair a bhínn ag dul go dtí an leithreas.

Glaodh bean an tí orm gach maidin agus bhíodh Mac lena cois. Léimeadh sé isteach sa leaba chugam agus bhí-

117

odh babhta iomrascála cairdiúil againn fad a bhíodh a mháisreás ag féachaint air agus bród ina súile. Tar éis bricfeasta bhíodh sé ag bun an staighre ag feitheamh liom agus theastaíodh uaidh teacht liom. Ní cheadaíodh bean an tí é sin dar ndóigh. "Tá Feichín ag dul ar scoil", a deireadh sí, "chun na buachaillí beaga eile a mhúineadh".

Bhí cairde agam seachas Mac. Cailín as an mBreatain Bheag ba ea duine acu agus an fear lena raibh sí geallta, d'arbh ainm dó Al. Ba as Birmingham féin do Al agus bhíodh sé ag seinm le banna ceoil. Mhúin sé dom conas na drumaí a sheinm; mhúineadar beirt dom conas pionta "bitter" a ól—agus, ina gcomhluadar san leanas orm ag foghlaim.

Ní gá a rá nár scríobhas aon úrscéal. Ba lú fós an aisteoireacht a dheineas. Bhíos ró-ghnóthach le mo dhéagóirí ar scoil, le Mac, le drumaí agus le "bitter". Dá laghad seans a bhí agam clú a bhaint amach mar ealaíontóir sa chomhluadar sin, ba lú an seans a bhí agam carn airgid a chur le chéile. Cúpla mí eile agus thuigeas go rabhas ag druidim le gealtachas. Bhí sé in am imeacht.

D'fhágas Birimingham maidin amháin agus chuas ó thuaidh. Chuireas fúm tamall le cara a raibh feirm bheag aige ar a gcothaíodh sé roinnt gabhar. Faoiseamh mór ba ea é bheith ag plé i ndeireadh báire le hainmhithe simplí. Bhíos im aodhaire gabhar ar feadh tamaillín agus ansin d'éiríos tuirseach de.

Bhíos, lá amháin, sa ghort ag smaoineamh ar chúrsaí mo shaoil agus ar na blianta a bhí amach romham. Bhíos bréan de ghabhair, de mhadraí agus de Shasana. Go tobann, bhuail smaoineamh iontach mé. Rachainn ar ais go hÉirinn—go Baile Átha Cliath; gheobhainn post— aon phost—post a choimeádfadh beo mé agus ansin, san oíche bheinn ag scríobh, nó ag aisteoireacht—agus bhainfinn cáil amach dom féin—agus bheadh airgead agam—agus . . . .

Tháinig mé abhaile. Tá mé ag múineadh ó shin.

CIALL CHEANNAIGH

Colm Ó hIarnáin

BA CHROÍÚIL FONNMHAR a léim an Brianach ar a
rothar lasmuigh d'Oifig an Phoist sa sráidbhaile: ag dul
i rith an phoist a bhí sé, ag déanamh ionaid don fhear
rialta poist a bhí ar a shaoire bhliantúil agus ba é seo an
chéad lá aige sa tseirbhís.

B'fhada an Brianach ag tnúth le fostú éadrom, éasca,
tairbheach éigin. Rud ar bith seachas a bheith amuigh sa
ghort á stangadh féin ar bheagán dá bharr. Thug sé
buíochas anois arís siúd is gur chuige féin a sheol an
oifig áitiúil an fhoirm iarratais i gcóir na hoibre, mar
nárbh obair í in aon chor ach pléisiúr. Má bhí duine ar
bith sa tír ag fáil airgid bhoig, ba é sin fear an phoist dar
leis, ar scáth a bheith ag rothaíocht thart ar a sháimhín só.

Ba bheag ag an mBrianach na ceithre mhíle de limistéir
amach sa tír a bhí le riar aige, agus bhí sé ag meas go
mbeadh sé ar ais i dtaca an mheánlae. Bhí togha an
rothair aige, na beartáin fáiscthe go cúramach air,
litreacha na mbailte éagsúla ina mbeart astu féin thíos
ina mhála, agus an t-aon litir chláraithe a bhí aige—litir
do Chnocán an Leachta, ceann scríbe a thurais, curtha ar
shlí shábhála i bpóca istigh a chasóige.

Mheas an Brianach nár stró ar bith dó a bheith ar ais
sa bhaile i dtaca an mheánlae, is ea, agus an trathnóna
a bheith aige ag obair sa ghort. Dar fia, bhí an t-ádh ina
chaipín. Bhí rún aige a bheith go deas soilíosach, agus
gach aon duine a shásamh, go mór mhór na mná tí, agus

119

cá bhfios nach dtitfeadh sé isteach sa tseirbhís ar fad nuair a thabharfadh Seán Mhichil suas.

Bhí an Brianach bogtha go maith in allas ar shroicheadh tí na baintrí Nic Dhonnchadha dó, leathmhíle slí amach bóthar na tíre. Thuirling sé de sciotán dá rothar, sháigh in éadan an chlaí é, agus isteach leis go fústrach an geata. Mhóthaigh sé an-tábhachtach ann féin agus é ar tí a chéad litir a sheachadadh.

Bhí an bhaintreach sa doras agus í ag fáiltiú roimhe go ríméadach "Dheara, ní féidir gur tusa atá ag dul thart leis an bpost anois?" ar sise "murab é do shaol atá ann, nó céard a bhain do Sheán Mhichil?"

"Ó, is trua nach bhfuilimse ach go sealadach", arsa an Brianach, é ag tógáil amach beart mór litreacha as an mála. Theann an bhaintreach leis, bhí á fhaire go tnúthánach agus í ag cur di san am céanna. "Nach mbeadh ciall i do leithéidse a leabharsa," arsa sise "seachas an fear a bhí romhat. An bhfuil a fhios agatsa nár thaobhaigh Seán Mhichil an teach agam le do chuimhne, nár thaobhaigh sin" agus d'áitigh uirthi ag moladh an Bhrianaigh agus í ag cáineadh Sheáin Mhichil, ach ba bheag é aird an Bhrianaigh uirthi. Bhí sé ag éirí maolchluasach agus dearg san aghaidh. Bhí sé ag cinnt air aon litir a fháil di sa bheart mór litreacha. "Tá faitíos orm," ar seisean, "nach bhfuil aon litir agam duit an babhta seo." Leag sé chuid de na litreacha ar an mbord a bhí taobh leis agus bhí ag tosú ag dul tríd an gcuid eile in athuair, ach chuir an bhaintreach isteach air. "Ná bí ag cur trioblóide ort féin leis mar litir mura bhfuil sí agat" ar sise "ach b'fhéidir mar a dhéanfadh fear maith go mbeadh aon bheartán agat dom!" Beartán—bhain an focal bionga as an mBrianach, féith níor tháinig ina chroí go raibh beartán ar bith leis nó gur labhair sí. "Ó is ea, beartán," ar seisean, ag sá an méid de na litreacha a bhí idir lámha aige isteach sa mhála go deifreach. "Fan, anois go bhfeicfidh mé". Chuir sé lámh faoina leiceann le smaoineamh i gceart mar dhea. "Sílim anois—ní bheidh mé ala na huaire ar aon chor" agus ιith leis an mBrianach i muinín a mhiotáil amach an doras ag dul ag soláthar beartán don bhaintreach.

Leath an bhealaigh amach a bhí se tráth ar smaoinigh sé ar na litreacha a d'fhág sé ar an mbord, agus pé fuadar a bhí amach faoi bhí dhá oiread air ag filleadh ar ais ar na litreacha. Thairg an bhaintreach dul leis i slí is go gcoiscfeadh sí an t-aistear ar ais arís air, ach ní chuimhneodh an Brianach ar an oiread sin trioblóide a chur uirthi. Scaoil sé na beartáin den rothar, chuir sé faoi agus thairis iad uair, agus faoi dhó, ach más ea, dheamhan beartán a bhí ann don bhaintreach. Nuair ab fhada léise a bhí sé tháinig sí féin amach.

"Tá faitíos orm nach bhfuil aon bheartán agam duit ach an oiread a bhean chóir," arsa an Brianach go leithscéalach. "Ara mura bhfuil sé agat ná bí ag cur trioblóide ort féin leis."

"An raibh tú ag súil le ceann."

"Dheara ní raibh ach ní bheadh a fhios agat cé hé a mbuailfí isteach ina cheann beartán beag a chur chuig baintreach bhocht aonraic, de mo shórt, tá a fhios agat."

Chuidigh an Bhaintreach leis an mBrianach na beartáin a shocrú ar ais ar an rothar. Bhí sí a mbrú agus á ndingeadh féachaint céard a bhí iontu.

"Tá a fhios ag mo croí go bhfuil do dhóthain le déanamh agat," ar sise, nuair a thug sí faoi deara chomh luascach liopastach a bhí siad socraithe ar ais.

"Ach ar ndóigh," ar sise, arís go fiosrach, "is dóigh go bhfuil an t-an-phá duit, ní ag tabhairt fiafraí ort é."

Bhí preab eile bainte as an mBrianach. Ní raibh a fhios aige cén pá a bhí dó ná dheamhan fios, níor fhiafraigh sé é, ná níor insíodh dó, agus bhí amhras ag teacht air cheana féin nach raibh an obair leath chomh bog éasca is a mheas sé.

Ba é fearacht tí na Baintrí Nic Dhonnchadha aige é i

121

mórchuid tithe ina dhiaidh sin, agus gan aon teach á dhearmad aige. Ba tógáil croí don bhaitsiléara dúr duairc nár dhubh fear poist a dhoras lena chuimhne é a fheiceáil ag teacht.

Chuir bean tí fáilte croíúil roimhe, í ag súil le litir as Sasana, ag súil le beartán ó Mheiriceá. Bí an iníon roimhe ag an ngeata í ag súil le litir óna leannán gan fhios dá máthair. Mná tuaithe arbh eagal leo nach mbeidís ag baile roimhe, ag cur iallach air teacht anuas dá rothar chun freastal a dhéanamh orthu ar an mbóthar. Moladh á fháil aige uathu siúd a raibh aon tairbhe aige dóibh, agus gan aithne srón thar bhéal ar an mhuintir nach raibh tada aige lena n-aghaidh. Eisean go leith-scéalach, saothar air ag rith isteach agus amach, agus é le tabhairt faoi deara ag leagan lámh go ceannúil ar a bhrollach anois is arís agus an rósta míthrócaireach a bhí ón ngrian san am ag cur meirfin agus alt ar chroí air.

I dtaca an mheán lae bhí sé tugtha sáraithe agus gan tada le leathshlí déanta aige. D'imigh an pléisiúr as gnó na litreacha. D'éirigh an Brianach cantalach. Má ba ghlas iad na cnoic i gcéin ag fágáil dó ar maidin ba lom feidh-eartha a bhreathnaigh gach ní dá shúil anois. Fiche uair a d'fhiafraigh sé de féin cén bua mór a bhí ag Seán Mhichíl is cur suas lena léithéid d'obair, lá i ndiaidh lae i rith na bliana.

Casadh scata fear ar an mBrianach, fir oibre a bhí ag filleadh abhaile ón ngort chun bruth an lae a ligean tharstu. Rinneadar chomhghairdeas leis as an obair éasca shaothrach a bhí idir lámha aige. Amadáin aineol-acha a thug an Brianach orthu ina intinn féin, ach níor thóg sé orthu é. Nach raibh seisean ar an intinn chéanna tráth, ach bhí ciall aige anois, ciall cheannaigh. Riamh cheana níor samhlaíodh dó an neamhspleáchas, an tsaoirse a théann le hobair ghort agus garraí.

Ba mheata an fear nach meallfadh an rí-rá agus boladh na beorach isteach i dteach tábhairne é. B'fhonn leis an mBrianach bualadh isteach chun a thart a mhúchadh ach chuir na litreacha móra uaithne P & T a bhí go buacach ar a mhála poist i gcuimhne dó go mba sheirbhíseach do roinn den stát é, go raibh dualgas le comhlíonadh aige, agus an pobal ag brath air, agus go mb' éigin dó an fód a sheasamh, chomh cinnte is a b'éigin don saighdiúir an fód a sheasamh ar pháirc an dúshláin. Chuir sé in aghaidh cathú an óil, agus lean ar aghaidh go mall dílis.

Thoir ná thiar ní bheadh ag an mBrianach marach an fogha nimhe neannta gan choinne a thug na milliúin míoltóg giodamach a d'éirigh as na tomanna leataobh an bhóthair faoi nó gur leanadar é ar a aistear achrannach ó dhoras go doras, á chiapadh is á chrá. D'éirigh sé crosta, cantalach, mífhoighneach don chéad uair ina shaol.

Dá dheabhóidí séimh d'fhear é, d'aithneodh sé a scríobadh thar a thochas, bhraith sé a bheagán nó a mhórán den leigheas a bheith sa chomhairle a thug daoine dó conas an ruaig a chur ar na míoltóga. Thosaigh sé ag diúltú dul trí na litreacha in athuair. Thug sé cluas bhodhar don dream ar mhian leo a theacht dá rothar agus gnó a dhéanamh leo ar bhóthar. Bhí bealach níb'fhearr á dhéanamh aige ina dhiaidh sin, ach ainneoin sin agus eile bhí ardtráthnóna thiar ann sula bhfuair sé amharc ar Chnocán an Leachta agus ceann cúrsa.

Bhí athrú mór tagtha ar an lá faoi seo. Séideoga gearra gaoithe anoir aneas ann a raibh barra fuar na báistí á bhagairt acu. Maolú tagtha ar an ngrian, agus lagiarracht damhsa aici á dhéanamh ar mhullach theach an bhaile bhig, a bhí go culráideach as féin ar shleasa an chnoic.

Bhí an Brianach ag meas go mbeadh mná an bhaile á fhaire, agus milleánach faoin mhoill ach ba chuma leis anois céard a déarfadh aon duine. Ní raibh uaidh ach fáil réidh, agus filleadh abhaile ar a luas. Riamh ina shaol ní dheachaigh aon lá chomh dian air, pianta i ngach uile bhall dá chorp, i riocht is nach raibh ann ach go raibh sé in ann na cosa a thabhairt.

Ag tarraingt ar chiumhais an bhaile dó bhaineadh geit obann as. Rith sé ina cheann go mba bheag a eolas ar mhuintir na háite. Bhí sár-aithne aige ar Sheán Niocláis agus Taime Rua agus daoine nach iad ar ndóigh, ach ba rud eile an sloinne. D'éalaigh osna thruamhéileach ón mBrianach agus tháinig anuas dá rothar. Tuilleadh trioblóide ar seisean leis féin go cráite ag bualadh faoi de chois an chlaí chun breathnú trí na litreacha. Chuir a chéad amharc orthu díomú agus mearbhall intinne air, ach lean air á léamh dó féin.

Seán Lóbúis, Labhras Lóbuis (Seán, Seán Lóbuis Páid, Nioclás Lóbuis (Labhrás), Mícheál Lóbuis (Tom Seáin). D'éirigh sé as mar léamh, ''Clann Lóbúis ar fad, agus níor shásamh leo a n-ainm féin gan ainm a n-athar agus a seanatharacha a bheith ar na litreacha acu'' arsa an Brianach bocht leis féin go buartha. Ní raibh a fhios aige céard ab fhearr dó, a dhéanamh. Ba náireach an ní leis tar éis an tsaoil, dul thart ag cur tuairisc an duine seo agus an duine siúd. Smaoinigh sé ar Sheán Michil an Phoist a mbíodh daoine clamhsánach air ar uaire agus anois ó chuimhnigh sé, é féin chomh ciontach leis an gcéad duine eile b'fhéidir, ''Dia do mo tharrtháil, réidh roimh mheánoíche ní bheidh mé'', a deir sé leis féin go cráite.

D'fhan an Brianach seal ina shuí go smaointeach agus na litreacha idir a mhéara. Faoi dheireadh bhuail spadhar misnigh é, misneach den chineál a thagann le hocras agus anró mór. Teach ar bith ní thaobhódh sé ach seasamh i lár an bhaile agus na litreacha a léamh amach. Aird ní thabharfadh sé ar na mná, a raibh amhras tagtha air faoi seo go mba iad bun agus barr gach donas eile dár tharla, ó chuaigh an saol ar saochan. D'éirigh sé ina sheasamh.

Duine ná daoine ní raibh le feiceáil ag an mBrianach,

agus é ag sá a rothair go righin spadánta tríd an mbaile, ná fuaim ní raibh le clos ach feadaíl bhrónach na gaoithe anoir aneas a raibh braonacha fuara báistí ina béal. Níorbh fhada áfach gur briseadh ar an gciúnas. Thosaigh madraí an bhaile ag cur a gcraiceann díobh ag tafann air. Tháinig bean go doras agus an Brianach ag éalú leis thar a teach. Chuala sé í ag fuagairt ar a comharsa béal dorais.

"Hóra, a Mháire, tá sé tagtha faoi dheireadh, fear an phoist atá i gceist agam."

"Is fearr go deireanach ná go brách" an freagra a chuala sé. An bhean ar tugadh Máire uirthi a dúirt.

Sháigh an Brianach suas ag binn tí i lár an bhaile. Níorbh fhada go raibh na daoine ag bailiú thart, fir chomh maith le mná agus páistí. Thug sé faoi deara scata ban ag scrúdú an aon bheartáin a bhí fágtha ar an rothar aige. Bhí tuilleadh acu ag brú isteach cóngarach dó, agus é ag scaoileadh an bheart litreacha.

"Céard a choinnigh an mhoill mar seo ort murar miste a fhiafraí, táimid stromptha ag faire ort." Rúplach de bhean mhór chnámach a bhí os a chomhair amach a chuir an cheist ar an mBrianach.

"Post mór, post an-mhór inniu ann," arsa an Brianach ag iontú ar fhear dóighiúil a bhí ar a chúl.

"Is trua duit i ndeireadh seachtaine, lá an dóla, má sea," a deir an rúplach mhór.

"Post gan sásamh é an choicís seo," a chuala an Brianach bean eile a rá lena comharsa.

"Tá sé íoctha go maith is a bheith anseo in am tráth," a dúirt bean éigin eile ar a chúl.

Bhí an Brianach lán suas le feirg agus é ar tí tosú ag fógairt na litreacha. Dá chorraithe dá raibh sé, níor fhéad sé gan súil siar a thabhairt ar an bhfoirm a líon sé i gcóir an phoist seo. É a bheith ar a chumas an Ghaeilge a léamh an phríomhcháilíocht a bhí á éileamh air, ach thar leathdhosaen litreacha seolta sa teanga sin ní raibh ar fad ina mhála ag fágáil dó ar maidin, agus ba seo ceann acu os a chomhair.

Thit ciúnas ar an slua, réitigh an Brianach a sceadamán go neirbhíseach.

"Seán Lóbuis."

Shín an rúplach mhór, agus bísire de chearóg dhubh íseal drochshúil eile mná a lámha amach chun breith ar an litir, ach tarraingíodh siar arís, agus bhreathnaíodar féin ar a chéile, go coilgneach.

"Tuilleadh trioblóide," a deir an Brianach leis féin. Ba léir dó nár mhórán grá a bhí sa dul amú idir an bheirt bhan.

"An bhfuil ainm an athar ar an litir" a d'fhiafraigh an bísire go húdarásach.

"Níl."

"Liomsa an litir, nach n-aithneoinn an lámhscríobh lá ar bith," arsa an rúplach ag teannadh isteach. Chuir an bísire gáire scigiúil aisti agus bhreathnaigh thart ar a raibh i láthair.

"A gcluin sibh tada, " ar sise go fonóideach. Rinne cuid de na daoine gáire. Níor fhan smid ag an rúplach. Bhí an Brianach á bheophianadh agus an litir idir lámha aige. Chomhairligh duine éigin dó an litir a oscailt. D'aontaigh an bheirt bhan leis.

"Bille é seo," arsa an Brianach, tar éis mionscrúdú a dhéanamh ar an litir.

"Ní liomsa aon bhille," arsa an rúplach go teasaí.

"Ní liomsa," a deir an bísire, agus d'áitíodar beirt ar a chéile. Chaith an Brianach chucu an litir i mullach na tubaiste go taghdach.

Bhí sé ina roithleán tráth a raibh sé scartha leis an mbeartán agus an litir dheiridh. Bhí braonacha troma báistí ag titim, na daoine ar fad bailithe leo cés moite den bhean a bhí ar scáth na binne agus sult aici á bhaint as an litir a bhí aici á léamh. Ar tí léim ar a rothar a bhí sé nuair a b'siúd chuige anall an bhean.

"Ní liomsa an litir seo, ach le bean an tí úd thall," ar sise, ag beartú a láimhe i dtreo an tí. Tháinig ógbhean thar an gcoirnéal le linn na cainte.

"An dtáinig mo bhróga a mháthair."

"Níor tháinig, a stór, fear nua poist atá inniu ann," agus sula raibh uain ag an mBrianach thú ná mé a rá bhíodar beirt glanta leo.

Bhí siúl aige le sciúradh na seanchuinneoige agus é ag tabhairt a aghaidh ar an mbean thall.

"A! ní hé an chéad uair ag an gcailín é," ar sise, ag strachailt an litir go míchéatach as láimh an Bhrianaigh a bhí go leithscéalach ag iarraidh a chur ina luí uirthi nach raibh neart dá laghad aige féin ar an ngnó.

"Ná tarlaíodh sé arís duit, nó fógródsa do na húdaráis tú," ar sise, mearagánta go leor agus an Brianach ag éalú leis amach an doras.

Bhí oíche déanta den lá agus é ar a aistear abhaile. Bhí sé ina dhíol trua; é spíonta traochta, a phutóg i gcúl a ghlaic, agus an gháilige báistí á chíoradh go smior. Níorbh fhearr leis rud dá ndéanfadh an bhean chóir úd ná é a fhógairt. Ba é an chéad lá aige é agus níorbh fhearr leis in Éirinn é dá mba é an lá deiridh.

Tuairim is leathbhealach a bhí sé agus é ag cur eachtraí, anróiteacha an lae trína chéile. Dá dhonacht dá ndeachaigh an lá dó ba bhreá an smaoineamh leis é a bheith scartha le gach uile cheann amháin riamh den mhála mór litreacha a bhí ar a chúram, ach fan, rith smaoineamh leis an mBrianach a chur scanradh air.

Choisc sé an rothar faoi uafás agus tháinig anuas ar an toirt.

Bhí an litir ba thairbhí ag gabháil leis fós i bpóca istigh a chasóige.

AN CHEIST

Pádraig Ó Croiligh

BÍONN EAGLA ormsa roimh cheisteanna. Bhí i gcónaí. Ní maith liom duine a bheith ag stánadh ort gona shúile oscailte ag iarraidh d'intinn a tholladh, agus a bhéal ar leathadh ag tabhairt le fios duit go bhfuil tú ar tí botún a dhéanamh. Bíonn claonadh ionam mo shrón a shá isteach san anraith agus imeacht uaidh go héagsúlta.

Ach dhruid sé a bhéal arís, nó ar a laghad chuir sé a dhá liopa le chéile, agus d'oscail sé arís é le haisiompú na gluaiseachta sin, ag taispeáint sméideadh beag súl dom ag an am céanna, agus chuala mé an cheist don dara huair. Is dócha gur cheap sé nár chuala mé an cheist tríd an anraith an chéad uair, cé gurbh é mo shrón chan mo chluasa a sháigh mé ann, agus gur i ndiaidh na ceiste a rinne mé an gníomh. B'fhéidir, áfach, gur dea-bhéasa a bhí ann agus nár theastaigh uaidh a léiriú gur thug sé faoi deara gur dhiúltaigh mé an cheist a fhreagairt. Ag an am céanna, léirigh sé sin go raibh sé ag cur práinn ar an cheist, nó ar a freagairt. Bhí sé gan corraí ina chorp agus a chuid fuinnimh go léir curtha aige i gcorraí a aigne. Is minic a léirítear corraí aigne ag riteacht choirp.

Bhí sé claonta i mo threo agus scian ina láimh dheas aige, is é sin an lámh chlé ón áit a raibh mise, mar go raibh muid ag féachaint ar a chéile thar chlár an tábla. Bhí, gur chuir sé an cheist agus gur sháigh mise mo shrón san anraith, mar ansin b'éigean dom mo shúile a ísliú uaidh. Le fíor, ba é an chéad rud a bhí i m' aigne na súile a ísliú uaidh, agus is mar leithscéal chuige sin a bheartaigh mé ar an ghníomh. D'fhan mé sa chrot sin gan corraí, ach amháin corrbholgán aeir a theacht aníos tríd an anraith nuair a rinne mé dearmad análú trí mo bhéal. Is deacair nós a bhriseadh, agus bhí orm m'aird ar fad a dhíriú ar an análú sin chun é a dhéanamh i gceart. Ach bhí mo shúile dírithe ar an tábla roimhe thall, agus gach re seal bheadh níos mó suime á chur agam sa tábla, nó sa chuid sin den tábla, ná mar a bhí san análú, agus d'éalaíodh bolgán aeir aníos.

Bhí dhá bhuí ann, nó air. Ar dtús bhí an tábla féin buí agus imeall beag liath thart timpeall ar fad. Ní raibh an t-imeall seo ann ar mhaithe leis an dath a athrú, déarfainn, ach ar mhaithe le greim a choinneáil ar an phlaisteach buí, má ba phlaisteach é. Bhí sé crua ar aon nós, agus fuar, mar chuirfinn mo lámh air dhá uair sa lá ar a laghad. Bhí an tráidire buí freisin, agus cinnte ba phlaisteach é sin, mar d'iompair mé chuig an tábla é agus ar ais gach uair a d'ith mé béile. Ach ní raibh sé chomh crua ná chomh fuar leis an tábla. Níor chóir go mbeadh, mar bhíodh daoine á iompar agus á lámhseáil i gcónaí, agus d'fhágadh an ghluaiseacht agus teas na gcorp cuid éigin teasa leis. Ina suí ar an tráidire seo bhí miasanna beaga buí, ach ní bhunaíonn siad an triú buí, mar ba den dath ceanann céanna iad leis an tráidire. Clann bheag, tráidire agus a thráidirí beaga.

Ach bhunaigh siad gréas álainn ar an tráidire ,agus idir tráidire agus tábla. Déarfainn gur de thaisme a tharla sé, mar duine a chuirfeadh a leithéid de cheist ní bheadh de chumas ann gréas mar sin a dhearadh go coinsiasach d'aon ghnó. Bhí trí chineál crot ann—cearnach, dronuilleach agus ciorcalach. Ar an chuid is cóngaraí dó siúd agus is faide uaimse bhí dronuilleog agus cearnóg, gan iad a bheith suite go cruinn i gcomhthreo le himeall an tráidire ná leo féin. Ar an chuid is faide uaidh siúd agus is cóngaraí domsa bhí cearnóg eile agus ciorcal, an chearnóg idir mé agus an dronuilleog, agus an ciorcal

129

idir mé agus an chéad chearnóg. Is ionann sin is a rá gur bhunaigh an dá chearnóg cineal fiarthrasnáin taobh istigh de dhronuilleog an tráidire, agus má leanann tú den líne sin a bhunaíonn siad feicfidh tú go bhfuil líne constaice tógtha acu idir mise agus mo cheistitheoir. Nuair a thug mise sin faoi deara tháinig sraith bholgán aeir aníos trí mo chuid anraith gur mhúscail siad mé as mo shuan.

Bheartaigh mé láithreach rud éigin a dhéanamh faoi seo, nó mura ndéanfainn ní thiocfadh liom an cheist a fhreagairt choíche. D'fhéach mé go cruinn ar an tráidire arís agus rinne mé mo mhachnamh. Ansin thóg mé an ciorcal le mo láimh chlé agus an chéad chearnóg le mo láimh dheas, agus d'athraigh mé a n-áiteanna. Is é sin le rá chuir mé an ciorcal isteach sa láimh dheas agus an chearnóg isteach sa láimh chlé, agus chuir mé síos arís iad. Má smaoiníonn tú air feicfidh tú gurb é an ní a rinne mé dearcadh mo cheistitheora orthu a ghlacadh chugamsa, mar nuair a bhí seisean ag féachaint ormsa b'ionann mo lámh dheas agus a lámh chlé siúd. Ar ndóigh saothar iontach achrannach a bhí san athrú sin, go háirithe do dhuine a raibh a shrón san anraith aige.

Nuair a tháinig mé chugam féin tar éis mo shaothair d'oscail mé mo shúile agus rinne mé scrúdú ar an ghréas nua. Bhí an fiarthrasnán imithe. Ach bhí rud éigin imníoch faoi go fóill nár lig fríd mé. Bhunaigh an dá chearnóg líne nua, líne a rinne dronuillinn leis an líne theagmhála idir mise agus mo cheistitheoir. Níor leigheas ar bith é sin ar mo chás.

Tháinig mearbhall orm faoi seo agus cé go raibh giorra anála orm thug mé faoi réiteach eile a iarraidh; thóg mé an ciorcal thall i mo láimh chlé arís agus an chearnóg ar dheis abhus i mo láimh dheas agus rinne mé lámh-chleasaíocht leo gur fhág mé síos iad sna háiteanna contráilte. Is é sin le rá go raibh dronuilleog agus cearnóg thall agus cearnóg agus ciorcal abhus. Faoin am seo, áfach, bhí mo shúile chomh tuirseach sin nár léir dom ach gréas amháin, gréas a comhrinneadh as na ceithre mias, agus a raibh dhá líne trasna ar a chéile mar bhunús leis. Chaill na miasanna a dtréithe ar leith agus ní fhaca mé ach X mór. Bhí sé seo i bhfad níos measa ná an fiarthrasnán constaice, mar gur bhunaigh sé dhá phríosún druidte, ceann domsa agus ceann dó-siúd, dom cheistitheoir. Bhí mé curtha ó dhóchas ar fad faoin am seo agus thosaigh deora ag titim uaim: deora allais ar shlat mo dhroma, deora ciaptha ó mo shúile, agus deora anraithe ar mo thráidire. Ghabh fearg mé. Thóg mé mo dhorn. Agus scaip mé na miasanna uile thall le láimh amháin.

Ní maith liom ceisteanna: cuireann siad eagla orm. Ach is lú ná sin arís is maith liom béile a ithe i m' aonar, mar a rinne mé inniu. Cuireann sé claonadh i do shrón.

AN BÉAL BEO BOCHT

Eoghan Ó hAnluain

BHLAIS SEÁN Ó TUIRNÉARA, léachtóir cúnta le teangeolaíocht impreisiúnach dá phionta, lig a cheann siar le balla sa chúinne meathdhorcha a raibh sé ina shuí tigh Churraoin agus lean de bheith ag grinnscrúdú córas urlabhra an chainteora dhúchais a bhí ar a mharana le hais pionta ar a aghaidh amach. Shantaigh Ó Tuirnéara liopaí, gialla, gumaí, fiacla agus ailbheolas an duine seo mar nár shantaigh sé a leithéidí riamh cheana. D'aclaigh sé a chóras urlabhra féin de réir rialacha Bones (b'fhíor a rá gurbh as béal Bones amach a teilgeadh teangeolaithe uile na tíre). Ligh sé a chab uachtarach agus a chab íochtarach. Chinn air bleid a bhualadh ar chainteoir dúchais riamh gan a dhá chab a bheith bealáilte go maith i dtús báire—ón Ollamh Balfe a thóg sé an nós seo cé nár mhaith leis an méid sin a admháil. Sháigh sé a theanga idir rinn, lann agus tosach i gceithre airde a bhéil, mhuirnigh sé a ailbheolas agus dhiurnaigh a choguas agus chuir dinglis ina charball crua, chrap agus leathnaigh pasáiste na sróna agus chuir straois leathscartha ar a bhruasa.

Faoin am go raibh a chóras i ngléas aige ámh tháinig beirt Ghaeilgeoir chuig Tadhg Pháid (nó typhoid mar a thugadh a chairde air) ag tóint dí air agus ag iarraidh seanchais.

"An gcuala sibh riamh é" ar seisean leo agus an pionta

úr os a chomhair "nach bhfuil aon scéal nó seanfhocal gan údar."

"Níor chuala."

"M'anam gur fíor é" arsa Tadhg agus é ag scloitéireacht leis.

B'fhíor dó gan amhras. Smaoinigh Ó Tuirnéara ar an údar a thug siar go Leitir Laoi an lá sin é. Cé chreidfeadh gur ag tóraíocht cúigiú L na canúna a bhí sé, ach b'shin é údar agus fáth a thurais. Tráthúil Dé casadh i gcomhluadar duine de bhunadh na háite é an oíche roimhe sin i mBaile Átha Cliath, fear a d'inis dó faoi fhilleadh an Chuachaigh, an duine deireanach beo den seacht líon tí ar Aill na gCaor a chuaigh ar an mbád bán dhá scór bliain sul má scríobh Balfe a thráchtas ar chanúint Leitir Laoi. Ar an mbaile sin amháin, ar Aill na gCaor a mhair an L agus thugadar leo é idir a gcab agus a nglotas. Ní raibh d'fhianaise ar an gcúigiú L ach go raibh sé i seanchas na háite gur thug muintir Aill na gCaor leo é ina mbéal. Rinne Balfe talamh slán de go raibh an L imithe go brách agus níor thagair sé dó ina thráchtas cés moite den rann

Éirigh suas a Chuachaigh
Seas ar bharr an aird
Comhair do chuid L-annaí
Agus féach an bhfuil siad ann.

Ach anocht féin dhéanfaí ciseach den tráchtas céanna nuair a shiúlfadh Pat Cuachach doras tí Churraoin isteach, é sna déaga agus ceithre scór agus a chóras urlabhra i riocht an L sin a mhúnlú agus a theilgean. Le scáth roimh an iontas mhéaraigh Ó Tuirnéara an téipthaifeadán so-iompar . . . shamhlaigh sé alt leis féin in *Éigse*, i *gCeltica* fiú, nó léacht san Institiúid féin . . .

Bhí Tadhg Pháid ina shainrith anois ag liagáistíocht. Bhí dhá ghloine fholamha os a chomhair agus na Gaeilgeoirí ag blaismínteacht go fóill ar a gcéad piontaí.

"An gcuala sibh riamh é" ar seisean "cén t-údar atá leis an seanfhocal "Ní bhfuair mé an craiceann ná a luach."

"M'anam nach gcuala" ar siad.

"Bhuel is é an chaoi a raibh fear den áit seo, Sailor Tam a thugtaí air, i gcabhlach Shasana. Bhí tóir mhór aige ar an mbraon agus ar pé brí craeic a bheadh ag imeacht . . ."

Stráinséara sa doras a chuir isteach ar feadh nóiméad ar sheanchaíocht Thaidhg Pháid agus ar bhrionglóidí Sheáin. Pruiclíneach d'fhear a bhí ann a raibh cuma corrach neirbhíseach air, beart páipéir faoina ascaill agus an lámh eile á fhostú go cúramach. Shuigh sé i bhfoisceacht cúpla troigh don Tuirnéarach agus ghlaoigh sé ar leathghloine fuisce.

Níor dhuine scáfar dáiríre é Deasún Ó Duinn ach ar nós an Tuirnéaraigh bhí údar aige le bheith ar bís. Chuir eagarthóir an "Evening Event" fios go Baile Átha Cliath air dhá lá roimhe sin agus bhagair bata agus bóthar air mura gcuirfeadh sé scéal chuige go luath ón Iarthar a mbeadh craiceann ceart air.

"Diabhal spéis agam i bpoitín ná i bpóitseáil" ar seisean. "Fuil a theastaíonn ón bpobal agus ní sá atá i gceist agam. Tá daoine á sá ar ardú ort. Duine a ngabhfaí de thua air a bhainfeas barr díolaíochta den dream eile úd."

As corp éadóchais a cheannaigh Deasún Ó Duinn an tuáin ar a bhealach siar an mhaidin sin. Cá bhfios dá dtosaíodh scliúchas nach bhféadfadh sé é a shíneadh os íseal do dhuine éigin? Ach os a choinne sin b'fhéidir nach mbeadh aon ghá leis an tua. Dá bhféadfadh sé údar báis an cheathrar sheanfhundúir de bhunadh na háite a chur le bonn bheadh leis: an ceathrar a shéalaigh duine i ndiaidh an duine eile le seachtain anuas gan lá liostachais orthu.

Ní raibh de leide aige ach go raibh an tOllamh Balfe, fear a scríobh tráchtas ar chanúint an cheantair, i láthair ar ócáid báis gach uile dhuine acu agus gurbh anseo tigh Churraoin a bhásaigh siad. "Plúchadh" an bhreith a thug an coiste cróinéara i ngach uile chás agus ba é Balfe an príomhfhinne gach babhta. Anocht féin a fuair sé amach gurbh iad an ceathrar seo scothchainteoirí na háite (ainneoin nach raibh an cúigiú L acu) agus gur uathu a bhligh Balfe ábhar a thráchtais.

"Bhuel bhí an cabhlach i gcuan agus i gcalafort oíche agus b'shiúd é Tam ag iarraidh ragairne agus rúscadh agus níorbh fhaillí don dream a chuireann a leithéid ar fáil. Casadh isteach i dteachín óil é . . .

Ghrinnscrúdaigh Ó Duinn an scata beag a bhí bailithe. Ar éigin má bhí ábhar scliúchais ann. Leis an bhfírinne a rá bhí cuma ghruama ar an áit ach dordán Thaidhg a bhaint as margadh. Níorbh iontas é tar éis a bhfuair bás ar an urlár ann le seachtain.
"Dia is Muire duit" arsa Ó Duinn le Ó Tuirnéara.
Ba táirne i mbeo chluas an Tuirnéaraigh foghraíocht Ghaeilge Uí Dhuinn. Cén fáth sa diabhal nach bhféadfadh daoine an teanga a labhairt go nádúrtha ar nós mhuintir na háite. Ligh sé a chab íochtarach agus a chab uachtarach chuir rinn agus lann na teanga fána ailbheolas agus chuir cruit ar a choguas . . .

"Ar chuma ar bith as deireadh na hoíche agus é leathchaochta d'ardaigh an bhean seo léi é thuas staighre agus shíl Sailor Tam go gcuirfeadh sí an dlaoi mullaigh ar an oíche dó ach níorbh aon leathcheann í . . ."

Ag breathnú ar shuaitheadh agus ar riastradh scornaí agus béil an duine seo ar bhuail sé bleid air bhuail solas na fírinne Ó Duinn—dob fhéidir do dhuine é féin a

135

thachtadh leis an aclaíocht sin! Agus b'shin é a tharla siúráilte do na seanfhundúirí! An fear teanga oilte níor ghá dó ach a iarraidh orthu focail áirithe a rá a bheadh ag teacht bunoscionn ar fad lena gcóras urlabhra siad sin agus thachtfaidís iad féin ag iarraidh aithris a dhéanamh air!

Ag an nóiméad sin go díreach stop Mercedes an Ollamh Balfe taobh amuigh de thigh Churraoin. Phreab an tOllamh amach (nó an murdaróir má b'fhíor d' Ó Duinn) agus thug lámh chúnta do sheanfhear liath a bhí i gcúl an chairr aige. An ceart ar fad agat a léitheoir. Pat Cuacach a bhí ann. Bhí an ceann is fearr faighte ag Balfe ar an léachtóir cúnta!

"Bhuel bhain Tam de go hanamúil agus níor thug braiteoireacht na mná faoi deara go raibh sé ródheireanach. Rinne sí burla dá chuid éadaigh, amach léí go beo agus chuir an doras faoi ghlas. Bhí Tam bocht ann ar maidin nuair a tháinig an máta á chuartú. Ní raibh éadach ná airgead aige. M'anam go mb'fhíor dó nach bhfuair sé an craiceann ná a luach".

Ag iarraidh a intinn a dhéanamh suas cé acu leis an bhfocal "raideagóiniméadar" nó leis an bhfocal "freacnairceach" a thachtfadh sé Pat Cuacach ar urlár an tí ósta a bhí Balfe agus an bheirt acu ag siúl i dtreo an corais. Rinne sé mil ina chroí nuair a chuimhnigh sé gurbh é féin amháin taisce iomlán shaibhreas na canúna tar éis na hoíche anocht.

AN MACLÉINN

ANTON TSECHOV

Aistrithe ón mbun Rúisis ag Art Ó Beoláin

AR DTÚS BHÍ an aimsir go breá, ciúin. Bhí smólaigh ag cantain agus sna riasca thart timpeall bhí créatúr éigin ag screadaíl go héagaointeach mar a bheifí ag séideadh i mbuidéal folamh. D'imigh creabhar amháin thart agus dhúisigh an t-urchar a caitheadh leis macalla meidhreach glórmhar as aer an earraigh. Ach a luaithe agus a d'éirigh sé dorcha sa choill thosaigh gaoth fhuar fheannaideach ag séideadh go míthráthúil ón oirthear agus thit gach rud i dtost. Bhí maidí seaca fós sna loganna uisce agus bhraith sé míchompórdach, uaigneach, iargúlta sa choill. Bhí boladh an gheimhridh san aer.

Lena linn sin bhí Ivan Velikopolsky, ábhar sagairt agus mac déagánaigh, ag siúl leis ar chosán a ghaibh tríd na móinéir fhliucha bháite agus é ar a shlí abhaile ó bheith ag foghlaeireacht. Bhí fuarnimh ina mhéara agus a aghaidh ar lasadh ón ngaoth. Samhlaíodh dó go raibh an t-ord agus an chomhréir a bhain leis an nádúr scriosta ag an ngaoth obann nimhneach seo, go raibh an dúlra féin scanraithe aici agus go raibh an oíche tite dá bharr sin níos túisce ná mar ba chóir. Bhí dealramh dealbh agus ar chuma ar leith éigin, an-ghruama ar an chomharsanacht. Ní raibh solas le feiceáil in aon áit ach i ngairdíní na mbaintreach cois na habhann ina raibh tine chnámh ar lasadh. Thart timpeall bhí ceo fuar an chlapsholais anuas ar an dúiche ar fad agus ar an tsráidbhaile a bhí tuairim is trí mhíle thall ansin. Chuimhnigh an macléinn

137

go raibh a mháthair ina suí ar an urlár sa phasáiste ag glanadh an tsamaváir agus a athair in a luí ar an tsornóg agus é ag casacht nuair a bhí an teach a fhágáil aige. Ní dheintí cócaireacht d'aon saghas sa bhaile acu Aoine an Chéasta agus bhí craos ocrais air. Rith sé leis, agus an ghaoth á fheannadh, gur ghaoth díreach mar seo a bhíodh ag séideadh in aimsir Rúiricke, in aimsir Ivan an Uafáis, in aimsir Pheadair agus gurbh iad an bhochtaineacht mhillteanach chéanna, an ganntanas céanna a bhí i réim lena linn siúd agus a bhí anois ann; na cinn tuí agus an braon anuas tríothu, an t-aineolas, an cráchroí an dúiche dhealbh seo a bhí timpeall air, an ghruaim agus an chloíteacht a bhí le mothú ó gach rud— bhíodh na h-uafáis seo go léir ann, bhíodar ann anois. Bheadh siad fós ann agus dá siocair ní thiocfadh feabhas dá laghad ar an saol fiú amháin in imeacht míle bliain. Mar sin níor theastaigh uaidh dul abhaile.

Thugtaí gairdíní na mbaintreach ar na goirt sin mar ba le beirt bhaintreach, máthar agus iníon, iad. Bhí an tine chnámh ag pléascadh in a chaor lasrach agus an branar i bhfad timpeall uirthi léirithe faoina solas. Sheas an bhaintreach, Vassilissa, seanbhean ard, ramhar, cóta fir de chraiceann caorach uirthi le hais na tine ag féachaint go smaointeach isteach inti; bhí Lúkeria, a hiníon, bean bheag, rian na bolgaí ar a haghaidh dhúr, ina suí ar an talamh ag ní corcáin agus spúnóga. Ba léir nach raibh an suipéir ach díreach caite acu. Chualathas fir ag caint; b'iad fir oibre na háite iad ag tabhairt deoch do na capaill ag an abhainn.

"Dia daoibh, seo é a geimhreadh thar n-ais arís agaibh," arsa an macléinn agus é ag druidim i leith na tine. Baineadh geit as Vassilissa ach d'aithin sí ansin ar an bpointe é agus dhein miongháire fáiltiúil leis.

"Níor aithníos tú," ar sise, "Dia duit agus sonas ort." Thosaíodar ag caint lena chéile. Bean scothaosta a raibh tamall dá saol caite mar bhean chíche aici agus tamall ina dhiaidh sin mar bhanaltra ag na huaisle ba ea Vassilissa. D'fhéach sí go tuisceanach air agus d'fhan miongháire caoin tíriúil ar a haghaidh fad is bhíodar ag caint. Níor dhein a hiníon Lúkeria, bean tuaithe ar fhág a fear chéile in a bean bhascaithe í, aon rud ach féachaint faoina fabhraí ar an mhacléinn agus fanacht ina tost. Bhí cuma aisteach mar a bheadh ar bhodhrán balbh ar a dreach.

"Díreach mar seo, ar a leithéid seo d'oíche, théigh Peadar Aspal é féin ag tine chnámh," arsa an macléinn ag síneadh a lámha i dtreo an teasa. "Is é sin le rá go raibh sé fuar ansin. Ó chomh huafásach is a bhí an oíche sin, a bhean! Oíche chomh fada, oíche chomh dólásach agus a bhí riamh ar an saol."

D'fhéach sé timpeall air sa dorchacht, chraith a cheann go harraingeach agus chuir an cheist.

"Nach i leabhrán an Dá Aspal Déag a bhí sé?"

"Is ann," dúirt Vassilissa.

"Más cuimhin leat tráthnóna an chruinnithe rúnda sin" a dúirt Peadar le hÍosa: 'Táim ullamh don phríosún agus don bhás agus tusa i mo theannta.' Ach d'fhreagair an Tiarna é mar seo. 'Deirim leat, a Pheadair roimh ghlaoch don choileach anocht séanfaidh tú faoi thrí go n-aithníonn tú mé.' Tar éis an chruinnithe bhí Íosa buartha go pointí báis sa ghairdín agus é ag guí. Maidir le Peadar bocht bhí sé traochta ina anam, éirithe lag ann féin, mogaill a dhá shúil ag titim le tuirse agus theip glan air é féin a choimeád ina dhúiseacht. Chodail sé. Mar a chuala tú, thug Iúdás póg d'Íosa ina a dhiaidh sin an oíche cheanann chéanna agus thug suas dá chéastúnaigh é. Rugadar leo é faoi cheangal go teach an ardsagairt agus iad á bhualadh. Lean Peadar é i bhfad ina dhiaidh, é traochta amach is amach, é céasta ag gruaim is ag imní, gan a dhóthain codlata aige, an dtuigeann tú, agus uafás éigin a thitfeadh amach ar dhroim talún á thaibhreamh dó. Dob é Íosa rún croí Pheadair mar bhí grá thar na bearta aige dó agus anois, chonaic sé i bhfad uaidh é mar a bhíodar á bhualadh."

Leag Lúkeria na spúnóga uaithi agus d'fhan sí ag stánadh aι an mhacléinn.

"Bhaineadar amach teach an ardsagairt," lean sé leis, "agus thosaigh siad ag ceistiú Íosa. Fad agus bhí sin ar siúl acu dhearg na seirbhísigh tine i gclós na cúirte mar bhí an oíche fuar agus d'fhanadar á dtéamh féin timpeall uirthi. Sheas Peadar le hais na tine in a dteannta agus bhí á théamh féin freisin mar atáimse anois. Dúirt bean amháin nuair a chonaic sí é 'bhí seisean le hÍosa," sé sin le rá go gcaithfí é a bhreith don cheistíu. Agus na seirbhísigh go léir a bhí timpeall na tine d'fhéachadar go géar is go hamhrasach air, is cosúil, mar d'éirigh sé buartha is dúirt 'Níl aon aithne agamsa air.' Tamall ina dhiaidh sin d'aithnigh duine éigin eile mar cheann de dheisceabail Íosa é agus dúirt leis 'is duine díobh tusa'. Ach arís do shéan sé é. Agus den tríú huair d'iompaigh duine éigin chuige agus dúirt. 'Nach bhfaca mé inniu tú in a theannta sa ghairdín.' Shéan sé é don tríú huair. Díreach ina dhiaidh sin ghlaoigh an coileach agus chuimhnigh Peadar agus é ag féachaint ar Íosa i bhfad uaidh ar na focail a dúirt seisean leis an tráthnóna sin. Chuimhnigh sé orthu, tháinig sé chuige féin, d'imigh amach as an chlós agus ghoil sé go géar goirt. Tá sé ráite. sa soiscéal 'agus d'imigh sé amach agus é ag gol go goirt' Samhlaím an gairdín chomh ciúin, ciúin, chomh dorcha agus sa chiúnas is ar éigin atá an racht goil plúchta le cloisteáil."

Lig an macléinn osna uaidh agus tháinig cuma smaointeach air. Cé gur fhan an miongháire ar a haghaidh thosaigh Vassilissa ag gol, rith na deora móra in a frasa síos a leicne agus chlúdaigh sí a haghaidh lena muinchille mar a bheadh sí náirithe ag a cuid deora. D'éirigh Lúkeria dearg san aghaidh agus lean ag stánadh ar an mhacléinn; bhí cuma bhuartha bhascaithe tagtha ar a dreach mar a thiocfadh ar dhuine a mbeadh géarphian á fulaingt aige.

Faoi seo bhí na fir oibre ag filleadh ón abhainn, duine acu ar mhuin chapaill i ngiorracht dóibh agus solas na tine ag crith air. D'fhág an macléinn slán ag na baintreacha agus d'imigh sé leis. Arís bhí an dorchacht timpeall air agus arís thosaigh fuarnimh ag teacht ina lámha. Bhí nimh sa ghaoth, ní raibh aon dabht ná go raibh sé ina Gheimhreadh arís agus gan cosúlacht ar bith ar an aimsir gurbh é arú amárach Domhnach Cásca.

Anois bhí an macléinn ag smaoineamh ar Vassilissa: má ghoil sí chiallaigh sin go raibh baint éigin idir í agus gach rud a tharla do Pheadar an oíche uafásach úd.

D'fhéach sé thart timpeall air. Bhí an tine aonarach ag spréachadh go ciúin sa dorchacht agus gan aon duine le feiceáil ina gaobhar faoi seo. Smaoinigh an mac léinn arís, má ghoil Vassilissa agus má tháinig mearbhall ar a hiníon léirigh sin go raibh baint idir an scéal a bhí inste aige, scéal a tharla míle naoi gcéad bliain roimhe sin, agus an t-am a bhí i láthair agus go raibh baint, de réir dealraimh, idir é agus an bheirt bhan, an dúiche dhealbh sin, é féin agus an cine daonna ar fad. Má ghoil an tseanbhean níorbh é a chumas mar scéalaí a ba chúis leis ach gur chomharsa ba ea Peadar di agus go raibh suim óna croí amach aici i ngach cor agus casadh dá mheanma.

Go hobann líon a chroí le hathas agus stad sé nóiméad chun a anáil a tharraingt. An t-am atá imithe tharainn—smaoinigh sé—agus an t-am atá i láthair tá siad snaidhmthe le chéile sa tsraith gan briseadh sin atá in imeachtaí na haimsire a tharlaíonn ceann i ndiaidh an chinn eile. Agus samhlaíodh dó go raibh sé díreach tar éis dhá cheann na sraithe a fheiceáil; baineadh le ceann amháin díobh agus cuireadh an ceann eile ag crith.

Nuair a bhí an abhainn fágtha ina dhiaidh aige thar an bealach farantóireachta is píosa den sliabh aníos siúlta aige agus nuair a d'fhéach sé síos uaidh ar a áit dhúchais agus siar mar a raibh stríoca caol, fuar, corca ag fógairt briseadh an lae ag bun na spéire, smaoinigh sé gur mhair an fhírinne agus an áilleacht a bhí mar threoir ag beatha an duine ansin sa ghairdín agus i gcúirt an ard-sagart i gcónaí beo anonn go dtí an lá sin agus gurb iad na nithe ba thábhachtaí i gcónaí iad de réir dealraimh, i mbeatha an duine agus i gcúrsaí a shaoil, agus diaidh ar ndiaidh mhothaigh sé a óige, a shláinte, a neart—ní raibh sé ach dhá bhliain is fiche—agus súil le sonas, le sonas rúndiamhrach nach raibh insint ar a thaitneamh, ag fáil seilbh ar a chroí is ar a intinn agus samhlaíodh beatha an duine dó mar rud aoibhinn, iontach, uasal a bhí lán, lán de bhrí.

Tomás Mac Síomóin: Rugadh i mBaile Átha Cliath. Bhain gradam Dochtúra sa Bhitheolaíocht amach sna Stáit Aontaithe. Ag múineadh sa Choláiste Teicneolaíochta, Sr Caoimhín. Cnuasach dánta, *Damhna agus Dánta Eile.*

Colbert Ó Cearnaigh: Baile Átha Cliathach. Bunscoláiocht i bhFionnghlas áit a raibh Eoghan Ó Tuairisc ina mhúinteoir aige. Ag múineadh Béarla i gColáiste na hOllscoile i gCorcaigh.

Diarmaid Mac Dáibhéid: I nDroimneach, Baile Átha Cliath a rugadh é. Ina mhúinteoir bunscoile agus cúpla bliain caite aige ag múineadh sa Nigéir.

Mícheál Ó hUanacháin: Glas Naíon, Baile Átha Cliath. Ina eagarthóir tráth ar *Comhar.* Iriseoir neamhspleách é faoi láthair. Leabhar filíochta leis i gcló *Go dTaga Léas.*

Diarmaid Ó Gráinne: As na Forbacha, Co. na Gaillimhe. Múinteoir bunscoile.

Caoimhín Ó Marcaigh: Glas Naíon, Baile Átha Cliath. Ina eagarthóir ar *Comhar*. Iarmhúinteoir é atá ina stiúrthóir ar chomhlacht foilsitheoireachta anois.

Seán Mac Mathúna: Rugadh i dTrá Lí agus chuaigh chuig Coláiste Ollscoile Chorcaí. Ina mhúinteoir i mBaile Átha Cliath. Saothar Béarla foilsithe aige.

Gabriel Rosenstock: As iarthar Luimní dó. Cnuasach filíochta leis i gcló, *Susanne sa Seomra Folctha*.

Dónall Farmer: As cathair Chorcaí. Chuaigh sé chuig Coláiste na hOllscoile Chorcaí. In léiritheoir teilifíse le RTÉ.

Eoghan Ó hAnluain: As Baile Átha Cliath. Léachtóir le NuaGhaeilge i gColáiste na hOllscoile, Baile Átha Cliath.

Art Ó Beoláin: Ciarraíoch as Béal Átha Longphoirt. Tá an-suim sa Rúis agus i litríocht na Rúisise aige.

Colm P. Ó hIarnáin: As Sruthán, Baile na Seacht dTeampall, Árainn. Feirmeoir agus tuairsceoir ar Radio na Gaeltachta.

Pádraig Ó Croiligh: As deisceart Dhoire. Rinneadh sagart de i Má Nuad agus rinne staidéar speisialta ar nualitríocht na Fraince in Ollscoil Toulouse. Leabhar filíochta leis i gcló, *Ceantair Shamhalta*.